安徽历史名人传记丛书

王稼祥传

施昌旺
周雪晴 ◎ 著

全国百佳图书出版单位
时代出版传媒股份有限公司
安徽人民出版社

图书在版编目(CIP)数据

王稼祥传 / 施昌旺，周雪晴著.—合肥 :安徽人民出版社，2019.11
(安徽历史名人传记丛书)

ISBN 978 - 7 - 212 - 10649 - 2

Ⅰ.①王… Ⅱ.①施… ②周… Ⅲ.①王稼祥(1906—1974)—传记
Ⅳ.①K827＝7

中国版本图书馆 CIP 数据核字(2019)第 191743 号

安徽历史名人传记丛书　王稼祥传

施昌旺　周雪晴　著

出 版 人:杨迎会　　　　　　　　责任印制:董　亮
责任编辑:朱　虹　方贵京　　　　装帧设计:张诚鑫

出版发行:安徽人民出版社 http://www.ahpeople.com
地　　址:合肥市政务文化新区翡翠路 1118 号出版传媒广场八楼　邮编:230071
电　　话:0551－63533258　0551－63533292(传真)
印　　刷:安徽新华印刷股份有限公司

开本:710mm×1010mm　1/16　印张:14.75　字数:160 千
版次:2019 年 11 月第 1 版　2023 年 6 月第 2 次印刷

ISBN 978 - 7 - 212 - 10649 - 2　　定价:38.00 元

总　序

　　安徽是古皖国所在地,康熙六年(1667 年),清廷将原江南省一分为二,设立江苏、安徽两省。省名乃是取所辖府州中安庆、徽州两府的首字而成。安庆和徽州,在当时是省域内两大名府,一为桐城文派发祥地,一为"贾而好儒"的徽商故里,人文蔚盛,科举取士在全国均名列前茅。虽然安徽建省较晚,但这块土地上所形成的历史文化十分厚重,有"人文渊薮"之称。

　　安徽因历史原因和地形、地貌各具特色,形成淮河文化、皖江文化和徽州文化等三大文化圈。淮河跨河南、安徽、江苏三省,特殊的地理位置和人文环境,使之融合中原文化、吴楚文化形成了一种具有兼容性和过渡性特点的区域文化,孕育出了中华文化奠基人的老子、庄子、管子等先哲,以及"三曹父子"等文学艺术的巨擘。皖江区域文化源远流长,大量人类古文明遗址如繁昌"人字洞"、和县猿人、含山凌家滩遗址等分布在这一地区;另外,诞生于该地区的桐城派是清代最大的散文流派,其流布全国、影响百年。徽州文化立足于徽州特殊的自然、社会环境和经济基础与人文风俗。魏晋之后,随着中国经济、文化重心的南移,中原文化也随之南下,徽州便成为安徽文化最发达地区,也是此后我国学术文化的重镇。

　　党的十八大以来,习近平总书记在多种场合一再强调中国优秀传统文化的重要作用,在参观考察孔府、孔子研究院并同专家学者座谈时,强调构筑主流价值观和国家精神对于实现中国梦的重要战略意义,而构筑主流价值观和国家精神的重要基础,就是继承弘扬中国优秀传统文化。在漫长的历史进程中,中华民族积累了丰富的治国理政的经验和为人处世、修身养性之道,并以浓缩的形式集中体现在文学、历史、哲学等经典之中,这是领导干部执政值得借鉴的宝贵经验,也是广大干部群众和青少年读者接受传统文化熏陶的基本途径。

源远流长、底蕴深厚、丰富灿烂的安徽文化是中华文化的重要组成部分,作为文化资源丰富的大省,安徽发展潜力巨大。2016 年 10 月 18 日,时任省委副书记、代省长李国英在专题听取省新闻出版广播影视工作汇报时便指出,要深入谋划、积极打造新闻出版广播影视精品工程,大力弘扬安徽红色文化、优秀历史文化和地域特色文化,并提出了建设徽文化、红色文化、遗产文化"三大出版工程"的要求。为贯彻、落实中共中央办公厅、国务院办公厅《关于实施中华优秀传统文化传承发展工程的意见》精神,进一步增强文化自觉和文化自信,激发中华优秀传统文化的生机与活力,全面提升人民群众文化素养,加快建设文化强省,2017 年 8 月,安徽省也制定了《实施中华优秀传统文化传承发展工程的工作方案》,要求站在中华优秀传统文化的大格局下,紧紧围绕"安徽历史文化"这条主线,全面研究和梳理安徽优秀传统文化的思想精髓、核心要义、重要地位和独特风貌。这对于加强安徽优秀传统文化的深入研究、生动阐释、传承弘扬具有十分重要的历史和现实意义。

在历史文化长河中,安徽出现了一大批令人高山仰止的历史名人，涌现了一大批可歌可泣的英雄人物，他们为中华民族发展进步做出了重要贡献。以清代为例：过去默默无闻的桐城竟搅动了一个中国，奇迹般地诞生出一个主导天下文章二百年的学派，出现了戴名世、方苞、刘大櫆、姚鼐、姚莹等在全国有重大影响的人物；五四时期，安徽文化再次放射出异彩，胡适、陈独秀等引领了时代发展的潮流。创作出版"安徽历史名人传记丛书"，从安徽历代名人中遴选出100位对中华民族做出重要贡献的人物，为他们树碑立传，系统地记录他们的人生轨迹与文化成就，这在安徽历史上尚属首次。

"安徽历史名人传记丛书"的出版，一方面，有利于汇聚各地专家学者参加安徽省的文化建设，适应了建设创新型文化强省的现实需求；另一方面，可从一个侧面系统呈现安徽发展脉络，展示安徽悠久、深厚、丰富的人文底蕴和文明成就，对提升安徽在全国的影响力和国际知名度具有重要意义，对提升安徽人民的文化素质、道德风尚、精神境界，进一步激发建设"五大发展"美好安徽的自豪感和自信心具有重要意义。

周晓光

2019 年 10 月

目 录

第一章　桃花潭边走来的革命青年

一、品学兼优王稼祥

王稼祥自小就表现出了过人的语言天赋，是当地有名的小学霸。

安徽泾县风光秀美，人杰地灵，自古备受文人墨客的青睐。汪伦修书邀请李白，称此地有"十里桃花""万家酒店"之胜。李白应邀而至，流连忘返。临行时，汪伦送至桃花潭，李白即兴赋诗，留下了脍炙人口的《赠汪伦》：

李白乘舟将欲行，忽闻岸上踏歌声。

桃花潭水深千尺，不及汪伦送我情。

从此，桃花潭扬名于世。而王稼祥的出生地厚岸村离桃花潭仅十多公里。

1906年8月15日（清光绪三十二年六月二十六日），王稼祥诞生在泾县厚岸村的一个小地主兼商人家庭。父亲王鸿宇，又名承祖，常年在南陵县弋江镇经营当铺和油坊。母亲查氏，名端，为人贤惠、心地善良，乐于帮助贫苦乡亲。王稼祥上有两个姐姐，大姐名春玉,嫁于茂林吴姓;二姐名珍玉,嫁于水东翟姓。姐弟三人关系和睦。

稼祥,原名嘉祥,在小学、中学时代用的名字都是嘉祥,意思是吉祥的征兆,寄托了父母望子成龙之心。由于父亲常年在外经商,教育孩子的重担就落在了母亲的身上,他最喜欢听母亲讲民族英雄岳飞、文天祥的故事,暗自发誓长大也要保家卫国。

在母亲的严格要求之下,5 岁的稼祥已经会背许多诗文,并开始写毛笔字,勤学苦练,练出一手好字。7 岁时,进入本村的柳溪小学(现为厚岸小学)读书。柳溪小学分高、初两级,初小 3 年,高小 3 年,学制为 6 年,采用的是近代教育的学制和方法。尤其是开设的英语课,由从金陵大学(教会学校)毕业的查文梅执教,这在当时是很少见的,可谓开了风气之先。

王稼祥和本村的王柳华等 13 人首批入学,被编为一个班。很快,他就脱颖而出,成绩总是在最前列,特别是英语总是考第一。少年王稼祥沉默寡言,好静不好动。他的一生有两大特点:学习和思考,贯穿了他的一生,成了他生活的第一需要和最大愉快。

1919 年,当 13 岁的王稼祥小学即将毕业时,震惊中外的五四运动爆发了。消息传到安徽,安庆、芜湖、合肥等全省 50 多个县相继举行集会、示威,开展各种声援活动,声援北京学生。就连偏远的山村厚岸,也受到了影响。厚岸的一些商店门口悬挂"勿忘国耻"等白布旗,村民们也纷纷打听、了解发生在外面的国家大事。富有正义感和爱国热情的王稼祥,通过耳濡目染,在心灵深处埋下了仇恨帝国主义和渴望中国富强的种子。

小学毕业后,王稼祥没有直接升入中学,而是在家乡读了两年

王稼祥传

私塾，师从当地鸿儒王淡生，课程内容主要是"四书五经"及《古文观止》等。这些课程内容给他打下了较好的国学基础。

1922年的秋天，王稼祥离开闭塞的厚岸，走向外面更广阔的世界，进入了南陵乐育学校（现为南陵县城关一小）。选择该校就读，是父亲王承祖再三考虑的。他认为当时许多学校都常常闹风潮，而只有教会学校管得严，不闹风潮，所以把王稼祥带到他经商的青弋江附近的南陵县圣公会教会学校就读。

南陵乐育学校创办于1914年（民国三年），初名圣公会小学，后更名为乐育学校。该校是圣公会按照欧美教育制度创办的，学校非常强调英文，要求学生每星期至少要上10小时的英文课。校长陈见真是基督教中华圣公会圣雅各堂牧师，素以治学严谨、管理严格著称。

王稼祥进学校后，也能胜任繁重的学习生活，勤奋地学习。算起来，王稼祥在乐育学校只就读了1年多，在这段时间各门功课成绩优秀，成为全校学生中的佼佼者。在这里，他练就比较流利的英语口语，这对他以后的人生轨迹产生了重大的影响。

王稼祥进入乐育学校的第二年，该校发生了学潮，学生放火烧了学校。学校因此被毁，暂时不可能复课。于是在1924年春，王稼祥以优异的成绩，由乐育学校推荐，免试进入了另一所教会学校——芜湖圣雅各中学。

王稼祥在圣雅各中学仍然勤奋学习，各门功课非常优秀，英语最为突出。他对国文课学得很认真，并且虚心向国文老师邓则先请教。他的作文不用打稿，下笔成篇，为同学们称赞和佩服。

二、斗士王稼祥

王稼祥的革命斗志,源于那个苦难的年代。

圣雅各中学所在地芜湖,为安徽省的商业中心。清政府1876年9月与英国签订的《烟台条约》,辟芜湖为通商口岸。翌年4月设立海关,正式对外开埠。英帝国主义在芜湖设立领事馆,独霸芜湖海关,日本则利用第一次世界大战的机会,扩大占领中国市场,当时芜湖商铺、摊铺充斥着日货。帝国主义把芜湖陶塘以北、弋矶山以南沿江面积达700余亩的地方划为"公共租界",从四明路(今新芜湖路)到洋码头一段插上"天主堂"界石,规定"中国不安分的人,概不准在界内居住",而洋鬼子则在租界和市内为非作歹、耀武扬威。加上北洋军阀政府肆意残害百姓、镇压百姓,人民处于水深火热之中。目睹这一切,王稼祥满怀着忧国忧民的思想。

芜湖是一座有着光荣革命传统的城市。安徽新文化运动与中国新文化运动的倡导者陈独秀,在芜湖创办《安徽俗话报》,播下了新思想、新文化的火种。经过五四运动的战斗洗礼,各种新思想的传播更加迅速,安徽进步知识分子和青年学生学习和宣传马克思主义和俄国十月革命的经验逐步形成热潮。在芜湖开设的科学图书社,以经销马克思主义和新文化运动书刊而著名。芜湖学生运动也开展得很好。芜湖的青年学生先后参加了声援五四运动、"六·二"学潮,反对贿选第三届省议会的斗争。1923年10月,芜湖、安庆等地学生反对曹锟贿选总统及猪仔议员,捣毁了芜湖、安庆猪仔议员的住宅。同年11月,陈独秀在《向导》周报第46期上发表题为《安徽学生之奋斗》的文章,赞扬安徽学生斗争精神,文章说,"猪仔议员在全中国都有,独有安徽学生加以群众的惩戒","是全国学界之领袖"。芜湖当时还成立了社会主义青年团。到 1924 年 3 月,团员发展到 46 人,主要成分是学生和教员。团组织领导的反帝反封建斗争风起云涌。所有这一切,都对刚入校的王稼祥有重大影响。

芜湖也是教会学校比较集中的地方,仅中等学校就有 4 所,圣雅各中学就是其中的一所。王稼祥认为:

> 帝国主义势力侵入芜湖后,不仅在政治上、经济上日愈扩展它的势力范围,而且在文化教育上也是如此。他们在芜湖设教堂,办学校,美其名曰"传教""兴学""办慈善事业",实际上是大量传播奴化思想,麻醉芜湖人民。圣雅各中学就是帝国主义进行奴化教育的基地之一。

这所中学校规极严,严禁学生参加社会活动,不准学生发表爱国言论;对学生的管理也非常严格,晚上熄灯后,舍监还穿着软底鞋到宿舍巡夜查铺,检查学生是否准时休息、遵守纪律。不仅如此,还有一项令不信教的学生最不满意的规定:每天当钟声敲响时,全体学生必须在大楼前的操场上集合,列队进入礼拜堂做祷告。对学校这样的管理制度,王稼祥是不太满意的,他把精力投入学习中。

为了丰富知识,开阔知识面,他常常利用有限的时间阅读一些社会科学书籍。据他自己回忆,在 1924 年,已经开始接触一些进步书刊。到了第二年,就阅读了学校图书馆中所有有关社会科学的书籍,以及当时能够在书店中买到的《新青年》《向导》和《中国青年》等进步刊物和书籍,如饥似渴地接受先进的思想,开始认识到当时社

会腐败落后的原因,就在于封建军阀的统治。他在写给王柳华的信中说:

> 你看社会阶级多么悬殊,经济制度多么恶劣,他们毕竟把全人类的自由幸福剥夺尽了。富者骄侈,贫者凄楚,你若没有势力和金钱,你站在社会里,是危险极了。你我都是平民,又是中产阶级里的分子,将来的生计,真是茫茫无路,毫没把握啊!

暑假回到家乡,他看到村里有些青年毫无进取心,整天吃喝玩乐,为此痛心疾首:

> 我们村里在外面读书的人也不算少了。不过这些人不光无益于乡村,反而有害。这话怎么说呢?你看,到了寒暑假的时候,在外面读书的人们回家了。他们不是赌,就是乱闹。这样,还能得到乡村人的信任吗?还有改造乡村的可能吗?唉!痛心得很!柳华呀!自命为先觉的青年,而有这样的举动,怎能不令人伤心呢?柳华呀!你我还算没有染着这种坏习气,愿以后保持这热血沸腾的赤心,去一改旧习,那才不愧做个 20 世纪的新青年呵!请你不要笑我说大话,这就是我良心上不能不说的话啊。

在这封于 1924 年 11 月 14 日(农历十月十八日)写给王柳华的信中,王稼祥表达了要"不愧做个 20 世纪的新青年"的远大志向。从此,他的"思想更加'左'了",并勇敢地投身反帝爱国运动的洪流中。

不久,机会真的来了。

在圣诞节来临之际,校方不顾同学们正在复习功课迎接期末考试,突然宣布停课,让大家为圣诞节做准备。各班级都忙碌起来,加班加点地练唱圣诞歌、制作礼品、排演文艺节目,一直忙到12月25日才结束。

就在同学们准备活动刚结束,校方突然宣布期末考试下周照常进行。这一决定遭到了学生们的坚决反对。王稼祥参与发动罢考。他和几个同学分头去各班征求意见,争取大家一致行动,得到了绝大多数人的支持。于是,一次带有自发性的罢考学潮开展起来了。

圣雅各中学突然间爆发了"地震",这是校方始料不及的。校方马上召开紧急会议商量对策,对学生软硬兼施。校方的两条对策是:一方面宣布即日起补考,补考及格者继续升学,否则开除;另一方面又暗中降低试题难度,让所有的考生都能及格。这次学潮毕竟是自发的,在校方软硬兼施的胁迫下,学潮便结束了。

多年后,在总结这次学潮失败的原因时,王稼祥说:

> 1924年底,学生为了表示不满,曾拒绝参加期终考试,不进考场,初步显示了学生反帝爱国、团结一致的力量。但是这一学潮,毕竟还是自发的、盲目的、没有很好组织的行动,经不起校方软的硬的胁迫。不久,学潮便销声匿迹了。

可以说,这是王稼祥领导反帝爱国运动的最初尝试,是他从事革命运动的初次演习。学潮虽然失败,但王稼祥的发动和组织斗争的才能,经受了锻炼。

1925年3月12日,伟大的革命先行者孙中山先生在北京不幸病逝。举国上下为之哀悼。圣雅各中学的师生，冲破校方的阻挠，于 3 月 22 日下午召开了追悼孙中山先生大会。王稼祥登台演讲，充满激情，声音响彻整个会场：

　　诸君！我们真不幸呀！在这百端待举的今日，为我们首创民国的孙中山先生，竟然抛弃了我们可怜的国民，溘然长逝了。我们丧失这能干的领袖，我们的自由幸福和国家的前途命运，不能不受很大的损失了。

　　唉！中山先生死了，但先生的主义未死，先生的精神犹存。所以我们今天开这个会，固然是表示我们的悲哀，纪念先生的伟功；但光读祭文，唱唱哀辞，于先生固无补，于我们又有何益。所以我们对中国的现状和先生的主义，都应当有个正确的了解。这就是我今天所要讲的。

　　三民和五宪是中山先生唯一的主义，唯一的标准。我们要讨论这主义是否正确，是否适合于中国，就非先了解中国今日之政治的经济的现象不可。因为主义之好坏，应看环境的状况，能否适合为标准。

王稼祥又将孙中山先生的三民主义——民族主义、民权主义、民生主义做了详细的解释。最后，他慷慨激昂地说：

　　诸君啊！民族主义以推翻军阀、抵制侵略为目的，自然是适合于今日的中国。民权主义是以平民的权利为立脚点，又是我们所应当采用的。至于民生主义，既可以发展中国的利源，不致财政窘迫；又可以增加平民利益，不致受很大的压迫，可见这主义更是中国提倡实业的唯一办法。唉！创造这最适合中国的三民主义的孙中山先生，现在已经死了！实现三民主义和救中国危难的责任，已落在我们青年肩上了！诸君呀！最有希望、号称社会之花的青年们呀！可知革命就是我们唯一的使命啊！好！走吧，为民族而奋斗、为民权而奋斗、为民生而努力吧！我们随着孙中山先生的指挥，去干社会和政治革命吧！

全场观众为他入情入理的演说所折服。

追悼会后，芜湖各界酝酿举行更加隆重的追悼大会。芜湖学联邀请著名的革命活动家、青年导师恽代英来参加大会并发表演说。3月24日上午8时，恽代英来到追悼大会会场"湖南会馆"（今状元坊芜湖联合大学），到会师生1000余人。追悼会开始后，钱杏邨（阿英）报告孙中山先生事迹，宫乔岩宣读先生遗嘱，恽代英做了简短的演讲。接着，队伍出发，开始游行。

游行队伍沿着大马路（今中山路）来到十三道门广场（今鸠江饭店），又召开了群众大会。在十三道门群众悼念大会上，恽代英面对数千名学生和群众，发表了长达三四个小时的演讲。

青年王稼祥坐在台下全神贯注地聆听了演讲。恽代英到来后，他和几位学生代表经与校方交涉，终于获准参加大会。王稼祥早在恽代英主编的《中国青年》上就阅读了许多宣传马克思主义的文章，受到很大的启发和教育。他认为恽代英是青年的良师益友，是青年的革命引路人，是青年学习的榜样。今天，这位深受青年爱戴的导师和领袖就在台上演说，他怎能不高兴，又怎会错过这一机会呢？

恽代英在演说中，通过悼念孙中山先生的逝世，揭露了自鸦片战争以来帝国主义列强侵华的罪恶历史。他以大量的事实，揭露了北京段祺瑞政府如何勾结帝国主义榨取中国人民的血汗。他愤怒地说："侵略者吸尽了中国人民的鲜血！"针对帝国主义的文化侵略，他一针见血地指出："帝国主义在中国办学不怀好意，教会学校是搞奴化教育，宗教是麻醉人民的精神鸦片烟"。

恽代英的演讲，饱含着对孙中山先生的深切怀念，流露着他那忧国忧民的真挚感情，充满了对帝国主义和封建军阀的无比憎恨。说着说着，他情不自禁地流下了眼泪。王稼祥和参加大会的学生群众，都被他那哀婉动人的演讲打动了。

当天下午，恽代英顾不上休息，先后到五中、二农和商校进行演讲。王稼祥自始至终听取了恽代英的演说。

恽代英以他卓越的才华、渊博的知识、深刻的见解、充分的说服力，赢得了包括王稼祥在内的广大青年学生的钦佩。他那温雅从容的谈吐、平易近人的态度、朴素无华的作风，给芜湖青年留下了极为深刻的印象。25 日，他离芜赴江苏丹阳。恽代英在芜湖的时间虽短，却对芜湖的反帝爱国斗争起到了重要的推动作用。不久，一场"要求收回教育权，废除奴化教育"的学潮，在江城（芜湖别称）轰轰烈烈地掀起。这场斗争，锋芒直指帝国主义的奴化教育，致芜湖的教会学校几乎垮台。

圣雅各中学的活跃分子为了更进一步宣传群众，建立起自己的舆论阵地，由吴祖光、王稼祥等同学倡议，创办了《狮声》月刊，创刊号于 1925 年 4 月问世。

《狮声》创办的宗旨是唤醒青年觉悟，树立积极勇敢的反抗精神，它在《本刊今后的旨趣》中提出办刊的任务是："赤裸裸地研究国家问题、我们青年自身问题，给我们一个正确合理的人生观"。

在《狮声》的创刊号里，王稼祥发表了《三民主义与中国》《食与爱的本能与现代经济制度》两篇文章，分别署名"王嘉祥"和"驾翔"。两文共 1 万多字，占了刊物 1/3 的篇幅。这是现今所能找到的王稼祥发表的最早的政论文章，也是研究王稼祥早期思想的珍贵资料。

在《三民主义与中国》一文中，他从政治、经济两个方面列举帝国主义和封建军阀所犯的种种罪行，详细地阐述了当时中国的现状。中国的出路究竟在哪里？王稼祥认为，三民主义适合中国国情，"自然是适合今日的中国"。

在《食与爱的本能与现代经济制度》一文中，王稼祥写道："现在我们唯一的希望，唯一的生路，就是结合无产阶级，根本推翻这个制度，取消私有财产，实现社会主义的政策"。需要特别指出的是，在这篇文章中，王稼祥 7 处引证马克思《共产党宣言》中的话作为立论的依据。这表明王稼祥此时初步掌握了马克思主义，开始宣传马克思主义，正在经历着从爱国主义者到马克思主义者的转变。

1925 年 5 月，芜湖教会学校的学生开始觉醒，长期受压制的不满情绪迸发出来，终于掀起了一场猛烈的学潮。王稼祥成为组织和领导这场学潮的斗士。

这场夺回教育权、反对奴化教育的斗争 5 月 13 日首先发端于圣雅各初中。5 月 16 日，学生向校方提出了 4 项要求，一是向教育厅立案，二是取消圣经课，三是取消早晚祈祷，四是取消做礼拜。5 月 18 日，校方突然宣布放假，并致函学生家长 4 天内由家长带学生回校填写自愿书，不填写的学生就按自动退学处理。同时要求家长监督学生在放假期间不准回校，企图一举瓦解刚刚兴起的学潮。告示刚一贴出，学生们马上哄起来，一气之下围攻校长室。校方和学生之间的矛盾进一步激化。

18 日下午,圣雅各高中的学生得知了初中部爆发学潮的消息。当天晚上,在王稼祥等人的带领下,全校学生举行集会,一致支持初中部学生的正义斗争。高中部全体同学讨论决定,从全校 6 个班选出代表 12 名,再从 12 名代表中推举 2 人,王稼祥为其中之一,当晚代表全体学生向校长蓝斐然提出两点要求,一是《圣经》改为选课,二是礼拜祈祷任学生自由选择。这两项要求当即遭到了校方的拒绝。

第二天上午,全体学生罢课,当学校打钟传呼学生上礼拜堂祈祷时,竟无人响应。当天,全体学生再次集会,成立了学生自治会。自治会下设文牍、干事、交际、会计 4 股。由于学生自己管理,学校依旧秩序井然,但是被学生撕碎的《圣经》书页如秋风落叶,遍地凋零。5 月 20 日,芜湖《工商日报》发表了以圣雅各高中的全体学生名义写给芜湖《工商日报》主笔的信。信中陈述了学潮发生的原因和真相,以争取社会广泛的同情和支持,充分显示了学生们斗争到底的坚定决心。萃文、育才两所教会学校的学生也积极行动起来,开始罢课。在此之前,安庆圣保罗教会中学也发生学潮,这时两地遥相呼应,夺回教育权、反对奴化教育的斗争波及全省。

芜湖学潮不断发展,影响日益扩大。安徽省学联代表王世英、张鹏超、龙超云,安庆圣保罗中学代表宋氓,上海非基督教代表张桐来到芜湖,对芜湖学潮表示声援和支持。团中央关注芜湖学潮,派陶淮来芜湖,给予指导和帮助。中共安庆组织的负责人薛卓汉也以安徽非基督大同盟代表的名义来到芜湖,在南洋宾馆慰问萃文中学退学学生时说,"诸君此次运动,轰动全国。毅力精神,实堪钦佩"。

而教会学校当局,则继续和学生运动相对抗。5 月 20 日,圣雅各高中校方第二次通知学生家长,要求家长对学生在学校的行为负全责。王稼祥和同学们一起,立即写信给外地学生的家长,说明学潮发生的原委。同时,他们还以学生自治会的名义组织了恳亲队,到本地各学生家中做说服工作,揭露教会学校企图利用学生家长瓦解学潮的阴谋。在这次学潮中,王稼祥不分昼夜地忘我工作,带领同学坚持斗争。运筹帷幄,他像一位统帅;冲锋陷阵,他又是一个战士。斗争的风暴把他锤炼得成熟了。

　　26 日,这场运动达到高潮。这一天,圣雅各中学 120 余人于凌晨列队出发,打着特制的横幅,上写"芜湖收回教育权运动,雅各中学反耶教大同盟",赴县署请愿。萃文中学学生也前往请愿。虽然没有达到目的,但争取到社会各界的同情和支援。

　　学潮发生后,教会学校的学生大批退学,他们继续求学的问题就产生了。这也是教会学校当局对抗学潮的一种手段,它直接影响到学生们的斗争情绪和今后的前途。到 5 月 24 日,仅萃文、圣雅各高、初中退学的学生已达 363 人。在这种情况下,王稼祥又担当起了重任。他作为两名学生代表之一,带着当时退学学生一览表于 5 月 26 日离开芜湖,前往省府安庆同省教育厅进行交涉。经过王稼祥等人多次陈述、交涉,并得到各方面援助,省教育厅终于同意发给转学证书。

　　5 月 29 日,圣雅各中学宣布将退学的学生全部除名,领导这次学潮的王稼祥等人也被除名。面对这一打击,王稼祥不为所动,写信给芜湖的同学,激陈斗争到底的决心。他在信中写道:"回首已往,颇觉愉快,弃黑暗而受光明,前途绵绵,希望已临。诸君闻之,定拍掌道欢,抚心而笑。翘首东望,诸君勉之。祥当努力直往,决不中馁,想诸君定能信任也。"

6月3日,王稼祥等人返回芜湖,受到同学们的热烈欢迎。这次交涉是王稼祥在学生时代充当"外交代表"的一次演习。

为了解决退学学生继续求学问题,在教育界进步人士和团组织的共同努力下,芜湖创办了两所中学。一所是设在大官山的民生中学,招收学生120名,成为芜湖革命势力的一座"水泊梁山";一所是设在澛港的新民中学,招收学生240名。经过学潮的打击,教会学校的学生日益减少。

而王稼祥并未进这两所中学。五卅惨案发生后,王稼祥从报纸上看到了具有革命传统的上海大学附中扩充学额的紧急通知。他不顾家庭的阻力,于1925年8月离开芜湖,前往"上海大学"附中学习,从此踏上了一条长达半个世纪之久的、辉煌而艰难的革命道路。

王稼祥来到中国最大的城市上海,进入上海大学附中三年级学习,这是他革命生涯中又一个重要的里程碑。

上海大学的前身是东南高等专科师范学校,1922年10月改名为"上海大学",邓中夏来校担任总务长后,励精图治,学校逐步变成革命的"摇篮"。1924年2月,上海大学迁到公共租界西摩路(今陕西北路)的新校舍,学校分成3个大部,即大学部、专门部和中学部。王稼祥进入的高中三年级共有学生33人,其中"新生特多,从教会学校出来的尤为踊跃"。入学后,他即被推选为高中三年级的学生代表,担任附中中学部学生会主席。

在上海大学附中短短的一段时间,王稼祥废寝忘食地攻读马列主义的基本原理,确立了为革命奋斗终生的信念。1925年10月,王稼祥在上海大学加入了中国共产主义青年团,奠定了他为共产主义事业献身的理想和信念。团组织认为他立场鲜明、斗争坚决、好学上进,如果有机会,将送他进一步深造。

10月的一天,上海大学附中校长侯绍裘派人找来王稼祥。寒暄过后,侯校长开门见山:"共产国际和苏联布尔什维克党,为了支持中国革命,愿意帮助我们培养青年干部,在莫斯科创办一所中山大学。我们经过慎重考虑,认为你符合条件,准备推荐你去苏联,进中山大学学习。现在我代表组织,特地征求你本人意见,你是否愿意去,希望你考虑"。

王稼祥心情十分激动,这对他来说真是一件喜出望外的大事。他很早就仰慕俄国十月革命的伟大胜利,十分向往列宁缔造的苏维埃社会主义共和国,今天能有这样的机会,去那里学习深造,哪能错过呢?他当即坚决表示:"真是太好了!我愿意去,一定去!"

侯校长又说:"那里生活很艰苦,困难很多,语言不通,学习任务繁重,气候寒冷,许多人对此不适应。况且出发的时间已经不远,又要严守机密,不可能回乡与亲人告别。几天之内就要出发。这种情况下,你是否去得了,希望你再考虑一下。"

王稼祥响亮地回答:"为了革命,为了国家,再苦再难我也不怕。"

随后,侯校长又问王稼祥是不是国民党员。当了解到王稼祥还未加入国民党时,立即开了介绍信,让他到上海南市的国民党市党部办理加入国民党的手续。

由于行期在即,加上要严守秘密,王稼祥没有回家告别父母、亲友和同学,而是写了一封简短的告别信。信中说:

列宁先生说："没有革命的理论，就没有革命的运动。"我们既要革命，必须先研究革命理论，实习革命方法。于是我毅然决意到莫斯科进中山大学，去预备革命了。

　　我不久就要远别祖国，北赴自由之邦，三四年后我把莫斯科的精神，尽量地带入祖国。

　　10月28日，王稼祥带着行李，登上了停泊在黄浦江杨树浦附近江心的一条苏联货轮。在夜色的掩护下，货船缓缓地驶出了长江口。王稼祥和同学们一起拥上甲板。"再见吧！祖国，再见吧！我一定要回来，一定要把你从苦难中解救出来，一定要使你繁荣昌盛。"王稼祥默默地思念着，告别了自己的祖国，踏上了新的革命征程。

三、留学生王稼祥

　　异国他乡的漂泊，是为了回来更好地报效祖国。

　　王稼祥离开了自己的祖国，搭乘苏联的货船告别了长江口岸向海参崴驶去。海参崴是苏联西伯利亚和远东地区第二大城市，也是西伯利亚大铁路的终点。王稼祥等人从海参崴出发，沿着横亘西伯利亚的铁路开往目的地莫斯科。

　　莫斯科当时是著名的"赤都"、国际共产主义运动的中心、世界无产阶级革命的堡垒、列宁主义的故乡，也是王稼祥心驰神往的地方。国共合作后，根据形势发展的需要，苏共和共产国际决定在莫斯科建立一所大学，为中国革命培养人才。为了纪念孙中山，学校成立时的全称为"中国孙逸仙劳动大学"，习惯上称"中山大学"或

"中大"。

进中山大学学习的，先后有 3 批学员，五六百人。王稼祥于 1925 年 11 月下旬进入莫斯科中山大学学习。这所革命的熔炉不仅坚定了他的共产主义信念，同时培养了他的宣传和组织工作才能，并且为他打下了深厚的俄文基础。

莫斯科中山大学坐落在市郊、莫斯科河西岸沃尔洪卡大街 16 号，是一座规模较大、绿树四周环抱的四层大楼，这里是沙皇时代一个大企业的旧址。虽然身在异国他乡，陌生的环境并未使王稼祥感到孤独和苦闷，因为他怀着一颗追求革命、追求真理、渴望求知的火热之心。机会难得，他要好好地利用，努力学习更多的知识。

中山大学办学的宗旨是对中国革命青年进行马克思列宁主义训练，把他们培养为高度熟练的政工干部。进入中山大学的每个中国学生都要有一个俄文名字。王稼祥为自己起了一个名字叫作 KOMMYHAP，音译"康姆纳尔"，意思是公社党人。

尽管"中大"学习任务繁重、时间紧迫，有人一时难以适应，但对王稼祥来说，是如鱼得水。王稼祥的勤奋和好学，得到了大家的一致公认。

在钻研马列主义理论的同时，他还参观和考察苏联的工厂、学校、部队和农村，加深对社会主义苏联的认识和了解。王稼祥毫不掩饰自己毕业后的志向："在这儿学习革命，将来自然是干革命。"

在苏联学习期间，王稼祥时刻关注祖国的革命运动。当他了解到北伐战争已取得重大胜利时欢欣鼓舞，并和同学们热烈讨论中国革命的前途以及谁是中国革命的主要力量等问题。经过深思熟虑，王稼祥开始运用马克思主义和唯物辩证法来探索中国革命的现实问题,分析中国社会各阶级。1926年夏,他在写给好友王柳华的信中表达了自己的观点。这封信与毛泽东在前几个月所写的著作《中国社会各阶级的分析》,从内容、语言到观点都惊人的相似。在当时,国际国内很少有像他和毛泽东那样,正确分析中国社会各阶级,标志着他在政治上正逐渐走向成熟。

由于有着良好的英语基础,加上勤奋好学,王稼祥很快掌握了俄语。他的语法和口语都达到了炉火纯青的地步,为他以后从事翻译工作及与苏联顾问的交往都打下了良好的基础。

1926年下半年,学校分配他当西欧革命史课的翻译。工作了一段时间后,他又登台讲授西欧革命史课。年轻的王稼祥在课堂上口若悬河,引经据典,论证严密,思路清晰,博得同学们的敬佩。才华横溢的他已经在中山大学崭露头角了。

讲课之余,王稼祥还翻译马列著作。当时去中山大学的学生越来越多,学习中普遍缺乏中文参考书。驻共产国际的中共代表团号召俄文基础好的同志多翻译一些马列著作。王稼祥响应号召,和张闻天、吴亮平等都参加了翻译工作。他承担的是翻译列宁的著作——《社会民主党在1905—1907年俄国第一次革命中的土地纲领》。这是一项繁重的工作,经过两年多的努力,该书终于由中国劳动者共产主义大学出版。

王稼祥欣喜地看着自己的作品,并且写了序言:

> 列宁的《社会民主党在1905—1907年俄国第一次革命中的土地纲领》这本书是1907年写的。
>
> 译者开始翻译这书,正是当中国土地革命运动高涨的时候,但是等到译定付印,中国的革命已经遭到很大的失

王
稼
祥
传

败。可是为要完成将来的中国土地革命，每个革命者都应当了解无产阶级政党在土地革命中的一般策略的基础，所以这书的译本对于中国的革命者——尤其是领导农民的同志定是有很大帮助吧！

因为中国文字关于经济学的土地问题的专门名词非常之少，译学感到很大的困难，有时只得不惭蒙昧，创造一些新的名词，但每个新的名词后都加以注解，并附原文。

列宁的著作本不容易翻译，而译者的精力时间非常有限，所以错误定不可免，这就希望读者能够指正，待第二版时再校正吧！

王稼蔷
1929 年 2 月 15 日莫斯科

译者署名"王稼蔷"，这是今天我们看到的是王稼祥第一次使用稼蔷的名字。1930 年回国后，他仍用此名，有时也用稼穑。稼穑，泛指农业劳动，播种和收获。从抗日战争时起，他一直沿用"稼祥"。

中山大学与国内的政治风云密切相连。当国内革命形势好转时，留学生们就兴高采烈；当国内革命形势处于低潮时，他们就义愤填膺。

1927 年 3 月，国共合作的北伐战争正在顺利地进行。3 月 21 日，上海工人在周恩来的直接领导下，发动了第三次武装起义。这是大革命时期中国工人运动的一次壮举，是北伐战争时期工人运动发展的最高峰。

消息传到中山大学，同学们尽情地拥抱欢呼，脸上闪耀着泪花。王稼祥跟着雀跃的人群拥进大礼堂，参加了临时举办的庆祝大会。

伊格诺托夫做了报告，不少留学生登台演说，情绪高昂激烈，演讲声常常被一阵阵的喝彩声和掌声打断。欢乐的人们冲出了校门，自发举行了盛大的游行。王稼祥和中山大学的同学们走在队伍的最前面，成千上万的莫斯科工人、市民也加入了游行的行列。队伍向共产国际大厦进发，后继续向苏共中央总部前进。在苏共中央大楼前的广场上，王稼祥看到苏共中央委员安德列耶夫在大楼阳台上向群众招手，并且发表了热情洋溢的讲话。由于天色已晚，队伍遂返回中山大学。整个晚上，王稼祥和同学们都沉浸在欢声笑语之中。

包括王稼祥在内的这一批莫斯科中山大学的单纯的青年人，哪里知道革命的残酷性！要革命，必然要遭到反革命的迫害。当他们还陶醉在欢庆胜利的喜悦中，在中国的大地上一场极其残暴的大屠杀正逐步降临。乌云笼罩着神州大地，一场狂风暴雨使年轻的共产党人面临严峻的考验。

1927年4月12日，蒋介石在上海向发动第三次武装起义的工人举起了屠刀。到4月15日，上海工人被杀300多人、被捕500多人、失踪5000多人。继上海反革命政变后，江苏、浙江、安徽、福建、广西和广东等地，也以"清党"为名，对革命人民和共产党人进行大屠杀。大批革命者倒在血泊中。蒋介石发动的四一二反革命政变，使中国的政治风云顿时变色。

消息像晴天霹雳一样给莫斯科中山大学的学生当头一棒，王稼祥和同学们都震惊了，他们简直不敢相信这个事实，愤怒的火焰充满了心头。

四一二反革命政变，使中山大学很多学生思想陷入了困惑之中，有很多问题得不到及时解决，而且随着国内革命形势的风云变幻，中山大学的学生出现了多极分化。不少人站在反蒋斗争的前列，王稼祥也是其中一员；一些人思想彷徨不前，对中国革命的前途问题产生疑问；也有一些国民党员，像邓文仪、郑介民、康泽之流准备离苏回国，投到蒋介石的反革命阵营中去。针对这些复杂的思想状况，同学们都希望苏联领导人来校做报告，分析中国革命的形势，指出革命的前途，回答学生的各种问题。这一要求得到了苏共中央的同意。

5月13日下午，斯大林来到学校大礼堂亲自做了三个多小时的报告。斯大林首先对中山大学校长狄拉克"中国农村不存在封建残余"的观点进行批评，认为"这是一个大错误"。他要求中国共产党人应当支持武汉政府，把它作为反对军阀、反对蒋介石反革命的核心。至于共产党员退出国民党的问题，他认为"共产党只有在国民党内和国民党外成为广大劳动群众中间的领导力量时，才能保存真正的独立性和真正的领导权"。因此，"不是退出国民党，而是保证共产党在国民党党内和党外的领导作用"。

斯大林的讲话深入浅出，语言简练，有很强的说服力。斯大林回答了同学们提出的10个问题。报告结束后，响起了长时间的掌声。

王稼祥聆听了这次报告。在联共（布）党内和苏联人民的心目中，在国际共产主义运动中，斯大林是享有崇高威望的领导人，被公认为是列宁忠实的学生和列宁事业的继承人，他的名字和列宁并列。斯大林的著名演说《论列宁》、《论列宁主义的基础》，王稼祥早已认真拜读过，对斯大林怀有敬仰之情，而聆听斯大林的报告还是第一次。他认为斯大林报告中的观点是正确的，看到了中国革命的前途。

然而,斯大林把中国革命的希望寄托于武汉汪精卫的国民党政府的判断并不正确。7月15日,汪精卫控制下的武汉国民政府公开宣布"分共",彻底背叛了孙中山制定的国共合作政策和反帝反封建纲领。中国共产党从合法变成非法,从地上被迫转入地下,历史的进程突然发生逆转。

四一二政变后,本来就与斯大林意见相左的托洛茨基借机指责斯大林错误指导了中国革命,并加紧反斯大林的活动。5月26日,托洛茨基与季诺维也夫等84人上书联共(布)中央政治局,认为在中国革命问题上斯大林执行了一条错误的外交路线,使苏联党内斗争尖锐化。于是,在苏联党内开展了反对托洛茨基派的斗争。中山大学因此受到影响,校长狄拉克因托洛茨基问题而被停职。不久,米夫由副校长提升校长。米夫上台后,如果有人认为中国1927年大革命失败与共产国际领导有关,就会被打成托派。

随着米夫的上台,王明开始粉墨登场。王明,原名陈绍禹,安徽金寨人,1924年入武昌商科大学预科班读书。1925年到中山大学学习后,一心想走上层路线,主动靠上当时的副校长米夫,当上他的翻译。王明是一个权欲很重的人,他在米夫的提拔下,步步高升,趾高气扬,不可一世。但是由于他并没有实践斗争的经验,在中国留学生中虽然小有名气,但威信并不很高。他的气量很小,容不得不同的意见。

当时苏共内部矛盾尖锐,也影响到中山大学。1927年11月7日,是十月革命10周年纪念日,莫斯科举行盛大庆祝活动。莫斯科的工人、农民、知识分子走上街头,参加了游行。当一部分游行队伍到达红场入口处时,队伍中的托洛茨基拥护者突然从口袋里掏出布旗挥舞,并高呼拥护托洛茨基、反对斯大林的口号。中山大学留学生也列队来到红场,当他们经过列宁墓时,留学生队伍中梁干乔、陆渊等少数留学生,突然高喊拥护托洛茨基的口号。这一不正常的举动,使苏共中央和共产国际领导人都感到十分震惊。

十月革命纪念日盛大游行结束后,11 月 14 日,联共中央委员会和中央监察委员会举行联席会议,决定开除托洛茨基、季诺维也夫党籍。斯大林指示米夫要对中山大学部分留学生在游行中的行动进行调查,并将调查结果报苏共中央。这次调查工作持续了几个月。经查证,在红场上高喊拥护托洛茨基口号的留学生如梁干乔、陆渊、安福等十多人都被遣送回国;对错误比较轻的年轻党员,有的给予留党察看的处分,有的被送往工厂劳动。

随着国内、党内、共产国际内部斗争的发展和深化,中山大学学生中的党团员也展开了激烈的论战,最后形成尖锐对立的两大派。面对如此尖锐、复杂和激烈的斗争,王稼祥曾一度支持米夫、王明控制的支部局,而王明又别有用心地利用王稼祥对他的"支持",甚至将王稼祥标榜为他们的人。其实,王明是出于自己的政治野心,自封为百分之百的布尔什维克,极力在支部局中左右一切,拉拢一批人。而王稼祥与野心勃勃的王明是有根本区别的,这一点也得到了王稼祥的同学杨放之等人的证实。

1927 年年底,王稼祥提出了加入共产党的请求。其实,早在到中山大学后不久,他就有了这个想法。但是他一直将精力放在学习上,且要求自己首先在思想上入党,没有急于向组织申请。后来提出由团转党时,就遇到了新的情况。按照联共(布)党章的规定,凡是非劳动人民家庭出身的人要求入党,必须有 5 位 5 年以上党龄的党员做介绍人,支部大会才能讨论。当时中山大学学生中的党员,有 5 年以上党龄的几乎没有,而几位在中山大学工作的老党员对王稼祥了解还不够,这样也耽搁了他的入党时间。

入党的一天终于到来了。

12 月的一天,全体党团员在中山大学大礼堂开会,有一项议程是对王稼祥的入党问题进行讨论和表决。苏共老党员介绍了王稼祥的历史和现实表现,随后支部书记将支部局对王稼祥的审查情况和讨论结果提交全体党员发表意见并表决。最后全体党员进行表决,一致通过了支部局的决议,同意王稼祥入党。1928 年 2 月,王稼祥被批准为苏联共产党候补党员,候补期为 2 年。从此,王稼祥成了名副其实的无产阶级先锋战士。他的一生表明,他无愧于这个光荣称号。

1928 年年初,成绩优异、具有培养前途的王稼祥,经中山大学支部局推荐,报考红色教授学院。和他一起报考的,还有张闻天、沈泽民等人。王稼祥深知,必须付出很多精力、超人的代价才能考成功,于是他全力以赴,精心准备考试,以至连中共六大(在莫斯科召开)的翻译工作都未参加。经过严格的考试,他被红色教授学院破格录取。

十月革命胜利后,人们对大学教授总有些看不惯,把他们说成是属于资产阶级的。苏联开始社会主义建设后,党组织送大批党员到各种学校学习,培养建设人才,并认为无产阶级也应当有自己的教授,所以叫作红色教授,以示区别。这个红色教授学院就是苏联培养马列主义理论家的最高学府。

王稼祥到红色教授学院后，认真研究马列主义，独立研究的能力有所加强，他将精力和兴趣全部放在学术和理论上，一身兼二任：在中山大学教授一门《中国问题》课，在中国问题研究室承担一项研究课题——陈独秀主义的孟什维克性质。

王稼祥将自己的研究成果向中山大学中国问题研究所的教员以及有关的中国问题"专家"做了报告。在报告中，他把陈独秀对中国革命各方面所说的话，同孟什维克关于资产阶级和无产阶级在俄国革命中的作用所说的话做了对比，以证明陈独秀主义就是中国的孟什维克主义。这个报告博得了与会者的普遍称赞。虽然有人认为报告中遗漏了中国革命是殖民地半殖民地的资产阶级民主革命这一条，但这毕竟是他把马列主义原理运用于分析中国革命问题的初步尝试，展示了他的理论功底。

代表王稼祥研究成果的，要算《陈独秀主义反革命的进化》一文。该文发表于《国际月刊》（中文版）第 1 卷第 2 期《中国问题》专栏上，文章对陈独秀各个时期的思想演变过程进行了认真的考察后，指出：

> 陈独秀由资产阶级的民族民主主义者，变成少数主义者，现在则变成为反革命的托洛茨基派的取消主义者。陈独秀从资产阶级的营垒中跑到无产阶级的队伍中，现在又回到资产阶级的老窝子去了。陈独秀的这个"长期旅行"现在已经告终了。

到 1929 年年底，王稼祥在苏联学习和工作了 4 年多，在红色教授学院也有两年了。这时王稼祥一心想到的是如何回国直接参加国内的实际斗争,把学到的理论付诸实践,在实践中提高自己。他找到中共代表团负责人瞿秋白,陈述了自己的愿望。瞿秋白让他向共产国际提出一个正式的书面申请。不久,王稼祥的申请得到了共产国际的批准,他终于获准回国了!

1930 年 2 月,王稼祥搭乘一艘远洋客轮,启程回国,4 年多的留学生涯结束了。

第二章　中央苏区里的红军领袖

一、参加多次反"围剿"

去中央苏区之前,王稼祥在黄浦江畔度过了一段难忘的岁月。

1930 年 3 月,王稼祥和何子述回到上海,住在一个旅馆里,等待党组织派人接头。哪知等了一个多月,也没见人来接头,他们带的旅费也所剩无几。王稼祥与何子述商量,决定在"五一"节这天出去寻找党组织。5 月 1 日,他们终于和组织接上了关系,当即就去指定地点报到。王稼祥被安排在中共中央宣传部当干事,兼任中央党报委员会秘书长,负责编辑中共中央机关报《红旗报》。何子述则被分配到中央组织部任干事。先期回国的王明,此时已在中宣部担任秘书。

1930 年,国内和国际的政治形势发生了一些重要的变化。

在国内,国民党统治集团的内部矛盾进一步激化。1930 年 5 月至 10 月,蒋介石同阎锡山、冯玉祥、李宗仁等新军阀之间爆发了中原大战。中国共产党人在残酷"围剿"、严密搜捕和屠杀的险恶环境中,以极大的勇气和毅力保存和发展了自己的力量。到 1930 年春,全国党员发展到 10 万人,全国红军已有 13 个军共 62000 多人,占据了全国 10 多块重要的根据地。农村游击战争和土地革命是当时革命实践的主要特征。从总体上说,革命斗争的局面比 1927 年大革命失败时有了明显好转。但是,军阀混战虽然使敌人后方较为空虚,但帝国主义和国民党统治集团在大城市的力量还相当强大,它们对革命势力的防范还很严密,敌强我弱的形势并没有改变,更没有形成中国革命的高潮。

在国际上,1929 年,资本主义世界爆发空前的经济危机,使一些发达资本主义国家的工人运动和群众斗争有了较大的发展。这些国家中的一部分知识分子向往社会主义的倾向迅速增长。但是世界资本主义国家的统治并未临近崩溃,也没有随之而形成世界范围的革命高潮。

共产国际对中国革命形势的判断也出现了偏差。1929 年 2 月、6 月、8 月和 10 月,共产国际先后向中共中央发来许多含有"左"倾错误主张的指示信和决议案。特别是 10 月 26 日的指示信,更是改变了中共六大对中国革命的形势和任务的正确论断,认定"中国进入了深刻的全国危机的时期","现在已经可以开始而且应当开始准备群众去用革命方法推翻地主资产阶级联盟的政权,去建立苏维埃形式的工农专政",城市工人要准备总政治罢工,红军斗争应当统一起来。指示信还重申要首先反对中国党内的主要危险即"右倾机会主义的心理和倾向"。这封信对中共中央关于形势的估量产生了重大影响。

王稼祥回国时,中共中央总书记是向忠发,这是共产国际选拔干部片面强调工人成分的结果。由于向忠发没有能力和水平胜任中央领导职务,当时党的实际负责人是中央常委、秘书长兼组织部部长周恩来。1930年3月，周恩来去莫斯科向共产国际报告六大以来的工作，并且解决与国际远东局的争论等问题，中央工作实际上由李立三负责主持。

李立三与向忠发、周恩来被称为当时中央的"三驾马车"。但周恩来经验丰富，处事稳健，对"左"的影响起着约束的作用。周恩来走后，李立三更加独断专行，政策也越来越"左"，有关中国革命重大问题的决策，往往由他个人决定，党的政治生活处于极不正常的状态。李立三的地位和权力，引起了王明的眼红和妒忌，只是一时找不到机会。

1930年5月，李立三写了《新的革命高潮前面的诸问题》一文，认为"现在全国革命斗争无疑是日益接近革命的形势，因此准备一省与几省首先胜利建立革命政权的问题，已经提到党的任务的面前"。在蒋、阎、冯、桂系新军阀的中原大战爆发后，李立三等认为革命形势已在全国成熟，决计不等周恩来回来就立即采取行动。于是，在6月11日召开的中央政治局会议上，通过了《目前任务的决议》（即《新的革命高潮与一省或几省的首先胜利》），至此，以李立三为代表的"左"倾冒险错误在党中央占了统治地位。

当时共产国际远东局驻中国代表罗伯特不同意6月11日的《决议》，并及时向共产国际做了汇报。6月19日，共产国际远东局指示停发《决议》；6月20日，再次批评并要求停发《决议》。

向忠发、李立三对共产国际远东局意见表示不服从。他们于6月21日向共产国际远东局提出抗议，认为"罗伯特同志有一贯的右倾路线"，要求远东局停止罗伯特的工作。李立三认为发出这个《决议》是目前革命的需要，"有什么问题时，由中共中央负责"。6月25

日，李立三还致信周恩来，说明国内革命形势高涨，并要周恩来"即刻动身回来，万勿迟延"。在李立三的坚持下，《决议》最后还是发下去了。

李立三的"左"倾冒险错误在党内统治时间虽然只有三个多月（1930年6月至9月），但使党付出了惨痛的代价。在国民党统治区，许多地方的党组织因在条件不成熟的条件下组织暴动而把原先积蓄的有限力量暴露出来，先后有十几个省委机关遭受破坏，武汉、南京等城市的党组织几乎全部瓦解。在红军奉命进攻大城市的过程中，农村根据地有的缩小，有的丢失，红军也受到不同程度损失。

善于兴风作浪的王明觉得机会到了。当他了解到共产国际远东局对6月11日《决议》的态度以后，就与博古一起，以"随便聊聊"为名，邀请王稼祥、何子述开了一个讨论会。

7月9日，李立三将中央机关工作人员召集到一起，商议如何更好贯彻中央6月11日的《决议》。他的话音刚落，党的早期活动家何孟雄再也控制不住心中的怒火，首先对《决议》提出了严厉的批评，紧接着已经做了准备的博古也对李立三提出了质问，何子述、王稼祥也一个接一个地发言。

这时，王明看到气温已经升高、时机也已经成熟，于是慷慨激昂地发表了一通演说，对李立三的报告和6月11日《决议》的某些提法提出了严厉的批评，指责李立三是在"左"倾的词句掩饰下，犯了右倾机会主义的错误，李立三的报告是托洛茨基主义、陈独秀主义和布朗基主义的混合物。

这一下惹恼了李立三，为了维护自己的尊严，贯彻6月11日的《决议》，他在做结论时，批评了王明等4人，还扣上了"右派""小组

王稼祥传

织"等大帽子。几天后，向忠发以中共中央总书记的名义找他们谈话，严厉地批评了他们，并宣布对他们的处分：王明留党察看6个月，博古、王稼祥、何子述受到党内严重警告处分。同时将4人调离中央机关，另行分配到基层和外地工作。王明、博古调往江苏省委工作，何子述调往天津工作，王稼祥则调往香港任中央机关报《红旗日报》驻香港的记者。

王稼祥经受了回国后的首次严峻考验。本来自己满腔热血地提出意见，不料却受到处分，这是他始料未及的。王明为了达到自己的目的，拒不服从处分决定，不去江苏省委报到，还叫王稼祥、何子述不要走，留在上海同博古一起和李立三斗争。王稼祥虽对这个处分想不通，但为了党的事业，他接受组织上的处分，无条件地服从分配。

共产国际十分关注中国的问题。由于李立三的"左"倾冒险主义错误已超出了共产国际所能允许的范围，7月下旬，共产国际政治秘书处召开扩大会议，讨论中国革命的形势和任务，于23日通过了《关于中国问题的决议案》。共产国际还决定周恩来和中共六大后一直留在莫斯科的瞿秋白回国贯彻共产国际政治秘书处7月扩大会议的决议，纠正李立三等的错误。8月下旬，瞿秋白等人相继到达上海，开始采取措施停止执行城市暴动和红军攻打大城市的冒险计划。瞿秋白、周恩来为纠正李立三的"左"倾冒险错误，做了许多耐心细致的工作，为六届三中全会的顺利召开准备了条件。

1930年9月24日至28日，中国共产党在上海召开扩大的六届三中全会。会议由瞿秋白、周恩来主持。李立三在会上做了自我批评，承认错误，接着便离开领导岗位。可事情又陡然起了变化。共产国际看到李立三8月1日和3日在政治局会议上的讲话,对李立三错误性质的认识升级了。10月,共产国际执委会向中共中央发出《关于立三路线问题的信》,信中把李立三等的"左"倾错误说成是同共产国际路线根本对立的路线错误,实际否定了三中全会的成绩。这样就使六届三中全会已经开始的纠"左"势头无法继续发展下去,反而使中共党内出现了严重的混乱。

王稼祥受处分后,遵守党的纪律,服从组织分配,前往香港,担任党报《红旗日报》驻香港记者。11月间,他受组织委派,将南方局给中央的一笔款子送到上海的中央机关。完成任务后,他见到了主持中央工作的瞿秋白。瞿秋白对他的才能很赏识,让他担任《红旗日报》主编。当时,中共中央机关报是《红旗日报》,除此之外,还有《实话》报(每周一期)。《实话》随《红旗日报》附送。办党报,宣传党的主张,鼓舞群众的斗志,王稼祥具体负责这项工作,肩上的担子不轻。他正紧张地工作着,而这时中共中央机关正展开激烈的内部斗争。

共产国际的这封10月来信,王明、博古通过留苏归国的学生沈泽民、陈昌浩、夏曦等人,在10月底就知道了。这信息对王明等人来说,真是如获至宝。他们乘机打起"拥护国际路线""反对立三主义""反对调和主义"的旗号,串联并鼓动一部分党员反对三中全会及其以后的中央,要求彻底改造党的领导。

中共中央在11月16日才收到共产国际的10月来信。接到来信后,18日、22日召开政治局会议,认真讨论了共产国际的来信,检查了三中全会以来党的路线,承认三中全会以来没有严格揭露李立三路线的错误,采取了调和主义的态度。在2月1日的中央机关工作人员会议上，周恩来批评了王明等人不服从党的分配，进行宗派活动等错误。

周恩来的批评，王明、博古等人并没有接受，他们要求中央召开会议，讨论共产国际来信的贯彻问题。当时站出来反对三中全会"调和主义"的共有三种力量，除了王明、博古外，另一个是以全国总工会党团书记罗章龙为代表，也打着"拥护国际路线""肃清调和主义"的旗号，完全否定三中全会和中央的领导，要求立即召开紧急会议，根本改造政治局。此外，有些受过立三路线批评或打击的干部，如何孟雄、林育南等正直的共产党人，也要求召开一个类似八七会议那样的紧急会议，以解决三中全会的"调和路线"问题。这样，一方面有共产国际的压力，一方面有党内的宗派活动和思想混乱，使党中央处于非常困难的境地。于是，中央政治局于 12 月 9 日做出决议，准备召开紧急会议通过新的政治决议案，以代替三中全会的决议案。

在王明等人进行大肆活动时，王稼祥则埋头于党报编辑工作之中。他一方面认真组织稿件，负责定期编辑出版党报；一方面认真写作，撰写批判立三路线的文章，间或也参加党的会议和活动。虽然与王明等人有所接触，但没有陷入王明宗派的泥坑。在中央取消对他的处分时，他仅是欣慰地一笑，并无意再提此事。王明、博古想拉他，但考虑到王稼祥书生气太重，又在写批判立三路线的文章，也就作罢。

从 1930 年 12 月上旬起，王稼祥在中央党报、党刊上连续发表了 8 篇署名"稼蔷"的文章，其中有 4 篇是批判立三路线的，发表在《实话》上，它们分别是《中国革命的两条政治路线——共产国际的路线与李立三的路线》《立三路线与中国革命发展的不平衡》《我们需要布尔塞维克的转变》《李立三主义与武装暴动》。这些文章中的有关分析，许多是正确的，对于人们认识李立三的"左"倾冒险主义错误，有一定的积极作用。但是在当时的特定条件下，文章搬运了共产国际的指示，在一些提法上也有错误。当时，由于王稼祥只是掌握了一些马列主义基本原理，还缺乏中国革命斗争的实践经验，犯一些教条主义的错误，从某种意义上说是难免的。

12月中旬，米夫突然以共产国际代表身份秘密来到中国，干预中国共产党的内部事务。米夫的重大使命就是把瞿秋白赶下台，把自己的得意门生王明扶上台，"贯彻"共产国际的精神。由于米夫的这一折腾，给中国革命造成了很大影响，后果很糟。

六届四中全会是米夫一手操纵召开的，其目的是为王明掌权铺平道路。为了贯彻共产国际的意图和四中全会的决议，米夫又在中国驻留了半年左右的时间，一些大政方针主要由他决定。当时中央总书记名义上是向忠发，但他对王明是言听计从，所以党中央的实际权力已控制在王明手中，为王明以中央名义发号施令创造了重要条件。

六届四中全会的召开，没有任何积极的建设性的作用，反而成为以王明为主要代表的新的"左"倾教条主义在党中央占据统治地位的开端，使全党陷入了长达4年的"左"倾教条主义统治时期，使中国革命遭受了极大的损失。

王稼祥对四中全会积极拥护并努力贯彻。他于1月24日撰写了《反对分裂党的右倾机会主义》一文，发表在《实话》第7期。在文中，他极力肯定四中全会的作用，后来，他在《党的建设》上又发表了两篇文章,题为《反对组织上的机会主义——为党的改造而斗争》和《改造党的一个具体建议——缩小上层机关,党到群众中去》。

王稼祥当时对共产国际路线衷心拥护,对共产国际派出的代表非常信赖,因而对四中全会的路线也是积极贯彻。这一历史教训,他终生难忘。在以后 40 多年的革命历程中,他经常反省这一阶段所犯的教条主义错误。

王稼祥参加了四中全会,虽然在会上并未被补选为中央委员,但是受到四中全会后中央的重用。他是个对名誉地位非常淡薄的人,与王明等人为夺权成功而弹冠相庆相对照,他却坚决要求到武装斗争的第一线去。理由很简单,当时革命形势如火如荼,自己革命实践经验很少,不能老是纸上谈兵,需要在艰苦激烈的环境中锻炼自己。他的请求得到批准,中共中央决定他和任弼时、顾作霖三人一起组成中央代表团,奔赴位于赣南和闽西地区的革命根据地。

正是在中央革命根据地的这块沃土上,王稼祥注重调查研究,勤于思考中国革命的实际问题,总结经验教训,坚持真理,修正错误,逐步摆脱了教条主义的影响,干出了一件件惊天动地的大事,成为党和工农红军的重要领导人。

1930 年上半年,赣西南党的组织和红一方面军总前委根据中央指示,开展了"肃清反革命分子"的斗争,在斗争中犯了严重的扩大化错误。1930 年 12 月上旬,总前委根据一些人在逼供下的假口供,派人到江西省行委和红二十军中进行肃清 AB 团的斗争。红二十军少数领导人眼看自己将被错定为反革命而遭到逮捕,对此极为不满,便带领部队包围军部及在富田的省行委,企图扣留总前委来人,并提出分裂红一方面军领导的错误口号,将全军拉到赣江以西地区,酿成"富田事变"。

3月4日,中央政治局召开常委会议,决定由任弼时、王稼祥、顾作霖组成的三人代表团立即动身前往中央苏区;凡去苏区的人,统由周恩来、康生负责安排。

3月7日晚,王稼祥同任弼时、顾作霖,装扮成牧师,携带简单行李,到上海十六铺码头乘坐由上海驶往香港的"麦迪逊"总统号远洋邮船,沿着中央苏区秘密交通线,到达闽西革命根据地,沿途一切顺利。到达闽粤交界处的青溪后,由交通站派武装人员护送,走了一晚,经多宝坑、铁坑、桃坑、伯公坳。王稼祥他们一路风餐露宿、长途跋涉,终于到达闽西根据地的首府——永定县虎冈。

在虎冈,王稼祥见到了闽粤赣军区参谋长肖劲光。肖劲光的传奇经历,王稼祥早有所闻,对他十分尊重。刚安顿下来,顾不上休息,王稼祥就要求观看肖劲光指挥的保卫虎冈的军习演习,同时虚心向肖劲光请教一个又一个的问题。

在虎冈稍事休息后,王稼祥和任弼时、顾作霖一起,还有先期到达虎冈的中央军委秘书欧阳钦,于4月4日出发,前往中央苏区。苏区中央局和红一方面军派红十二军刘型率一个团前来迎接。到大柏地后,改由一个排护送去苏区中央局的所在地宁都县青塘,同中央局委员项英、毛泽东、朱德会合。4月16日,终于到达了中央苏区。

中央苏区也称中央革命根据地,是第二次国内革命战争时期全国最大的一块根据地。1927年秋,毛泽东率秋收起义余部上井冈山,点燃了中国革命的星星之火。1929年1月,毛泽东、朱德率领红四军主力3000多人离开井冈山向赣南出击,建立了赣南根据地。

随后红四军又挺进闽西与邓子恢、张鼎丞等领导的地方武装会合，创建了闽西根据地。这一切奠定了后来中央根据地的基础。

蒋介石对革命根据地的发展异常恐惧。在王稼祥他们到达苏区的前几个月，蒋介石军队开始了对中央根据地的第一次"围剿"。1930年12月28日到次年1月3日，红一方面军主力在毛泽东、朱德领导下，5天内连续打了龙冈、东韶两个胜仗，共歼敌一个半师15000余人，缴枪12000余支，活捉敌十八师师长张辉瓒，胜利地粉碎了国民党军队的第一次"围剿"。

第一次大规模"围剿"的失败，使蒋介石感到震惊。2月初，他派军政部长何应钦兼任南昌行营主任，统一指挥湘、鄂、赣、闽4省"围剿"部队。4月初，调集18个师另3个旅共20万人，投入的兵力增加了1倍。鉴于第一次失败的教训，国民党军在作战方式上也有很大变化，以"厚集兵力、严密包围及取缓进为要旨"，以"稳扎稳打、步步为营"为作战目标，从江西吉安到福建建宁构成东西800里的弧形战线，分四路向中央革命根据地推进。这就是王稼祥等到来时苏区的形势。

3月18日，项英主持召开苏区中央局第一次扩大会议，讨论怎样打破国民党军队的"围剿"。这次讨论由于出现意见分歧，未能就第二次反"围剿"的战略方针做出决定。

4月17日，苏区中央局第一次扩大会议继续在青塘举行。王稼祥等中央代表团的成员参加了会议，由于自己毫无作战经验，王稼祥觉得许多问题需要重新学习，他把这次会议作为自己参加学习的好机会。会议听取了中央代表团传达六届四中全会精神，在所做的决议中基本肯定了毛泽东为书记的红四军前委的工作，摆在中央局面前的紧迫问题,是确定第二次反"围剿"的战略方针。在这个问题上,会上出现了严重的意见分歧。苏区中央局代理书记项英等不少人认为,敌我力量悬殊,敌军的严密包围难以打破,主张将红军主力转移到根据地以外去。还有些人主张"分兵退敌",认为这样做既可以使敌人包围落空,又可以使目标转移,便于退敌。毛泽东反对这两种主张,继续坚持依根据地的有利条件,就地诱敌深入,依靠根据地内的军民来击破敌军的"围剿",并力主集中兵力,提出分兵不但不能退敌,反而会给红军带来更大的困难。毛泽东的意见只得到朱德、谭震林等人支持,在会上处于少数地位。因此,毛泽东便提议扩大会议范围来讨论这个至关重要的战略问题。这个提议被接受了。

在有各军军长、政委、参谋长和政治部主任参加的扩大会议上,毛泽东等的意见由少数变成了多数。打不打的问题迎刃而解。接着,会议又就反攻从哪里开始的问题展开了讨论,并且引起了争论。经过讨论,采纳了毛泽东提出的作战方针。

王稼祥在讨论时没有发言。他觉得自己不懂军事,不能胡乱发言,将这次会议当作自己学习的好机会。在仔细听了毛泽东和军队其他高级干部的发言后,他深受启发,认为这些同志长期坚持井冈山的斗争,具有丰富的作战经验,尤其是毛泽东,在作战方针问题上讲得透彻,有很强的说服力,这表明毛泽东有丰富的武装斗争经验和卓越的军事指挥才能。同时感到项英和自己一样,缺乏作战经验,所以提出的主张不能得到红军高级干部的支持。他暗暗下定决心,一定要找个时间和毛泽东好好地谈一谈。

几天后的一个傍晚,王稼祥吃过晚饭就到了毛泽东的住处。毛泽东从屋里迎了出来:"稼祥同志,你好!""毛泽东同志,你好! 我刚来苏区,主要是向你请教一些问题的。"两双大手紧紧握在一起,从此开始了长期合作。

两人没有过多的寒暄和客套,很快就进行了深谈。这次交谈给王稼祥留下了不可磨灭的印象。直到 30 多年后,他还对这次会见记忆犹新:

> 在龙冈地区,我第一次见到领袖毛主席…… 初见了几次面,他就给我一个这样的印象,他同我在中国和俄国所遇见的领导人是不相同的,是有其独特的地方。虽然我当时还掌握不住这些独特的地方,只觉得他所说的道理,既是那样的简单明了,又是那样的有力并具有说服力。

至此,王稼祥对毛泽东心悦诚服。他理解了毛泽东的主张,并在不少问题上给予支持。

4 月 30 日,苏区中央局在东固又一次讨论反"围剿"问题。由于红军在东固地区埋伏了 25 天,敌人还未来,有人就把诱敌深入说成是"守株待兔",于是作战方针问题又被提出来讨论。毛泽东在会上首先做报告,认为敌人包围我们的军事力量虽多,但有许多弱点,我们有许多优点,我们是可以以少胜众的。在这次会上,王稼祥和任弼时等明确表态,支持毛泽东、朱德的正确主张。最后,会议制定了作战策略:"坚决的进攻,艰苦的奋斗,长期的作战,以消灭敌人。"实践证明,毛泽东的军事思想和作战方针是正确的。

第二次反"围剿"刚一结束,王稼祥就领导和组织祝捷、庆功、慰问、抚恤、总结等一系列活动。为宣传胜利、鼓舞士气,他举办了一个缴获战利品展览会。战利品很多,除了枪支、弹药、火炮和军用物资外,还有一台 100 瓦的大功率电台。许多战士在电台边不停地问这问那,充满着好奇。王稼祥站在电台边激动地说:

"别看它不起眼,它可是一个宝贝呀! 有了它就能与几百里几千里以外的人通讯联络,骑兵通讯员十天半月赶不到的地方,电台在几秒钟几分钟内就能完成任务,迅速省事,还能保守机密。可是在过去,由于我们的同志不识货,竟把它砸坏丢掉了,真是太可惜了。今天请大家好好看看它,记清它的外形、特点和用途,下次再缴到这样的东西,我们就能把它保护好带回来,同时还要努力学习文化科学知识。"

后来,正是这部电台,接通了上海党中央的电台,把抄好的电报交给毛泽东阅,为以后多次反"围剿"的胜利做出了重要贡献。

国民党军队的第三次"围剿",比红军的预计来得早得多,规模也比第二次"围剿"大得多,从 7 月 1 日就开始了。

为了配合即将到来的反"围剿"斗争,王稼祥在自己任主编的《战斗报》上发表了《努力准备第三次革命战争》一文。文中提出应积极准备一切工作,争取第三次革命战争的伟大胜利,这是目前革命工作中的中心任务。文章充分肯定第二次反"围剿"胜利的伟大意义,阐述了国民党的第三次"围剿"有较早到来的可能,并且预料到这次比上次更艰苦、更残酷。这篇文章表明,王稼祥进入中央苏区的 3 个月时间,已经由不懂军事到开始懂得军事、由不熟悉军事到开始熟悉军事,已经能够参与反"围剿"战争的战略决策。这是由于他能够在实践中认真学习,抓紧调查研究,了解实际情况的结果。

中央红军在毛泽东、朱德的正确指挥下,经过 3 个月艰苦的战斗,到 9 月 15 日,历时 80 天,毙、伤、俘敌 3 万余人,取得了第三次反"围剿"斗争的胜利。中央苏区得到巩固和发展,原有的赣南和闽西根据地连在一起,形成以瑞金为中心包括 25 个县和几十万人口的大片革命根据地,中央革命根据地出现了前所未有的兴盛形势。

第三次反"围剿"胜利后,主力红军移到以瑞金为中心的地区,拔除了许多地主武装盘踞的"土围子",发动群众,使党、团组织和苏维埃政权恢复和建立起来,攻占了会昌、寻乌、安坳、石城等县城,使赣西南、闽西根据地完全连在一起,并扩大到包括 21 座县城、250 万人口、5 万多平方公里面积的广大地区,成为比较巩固的中央革命根据地。在这种情况下,召开中华苏维埃第一次全国代表大会的时机已经成熟。

1931 年 11 月 7 日,中华苏维埃第一次全国代表大会在江西瑞金县叶坪村举行,出席大会的代表分别来自中央苏区,闽西、赣东北、湘赣、湘鄂西、琼崖等苏区,红军部队,以及设在国民党统治区的全国总工会、全国海员总工会,共 610 人。大会成立了主席团,项英等 7 人为主席团常务主席,主持整个会议。

7 日上午,阅兵仪式在叶坪村广场举行。苏区中央局的委员登上检阅台。王稼祥和毛泽东、项英、朱德、任弼时等领导人笑容满面,频频向红军指战员挥手致意。

大会主席团于 11 日决定由任弼时、王稼祥、毛泽东等组成宪法起草委员会。经过讨论,依据临时中央有关宪法大纲的来电原则,制定了《中华苏维埃共和国宪法大纲》。规定:"中华苏维埃政权所建设的是工人和农民的民主专政的国家。苏维埃政权是属于工人、农民、红军兵士及一切劳苦民众的。"

王稼祥还在大会上做少数民族问题报告,大会在讨论他所做的报告后,通过了《关于中国境内少数民族问题的决议案》。会上还通过了《中华苏维埃共和国土地法》《中华苏维埃共和国劳动法》《中华苏维埃共和国经济政策》等法令。大会选举产生了中华苏维埃共和国中央执行委员会,王稼祥和毛泽东、朱德、项英、张国焘、周恩来等63人当选为执行委员。中央执行委员会是全苏大会闭幕后的最高政权机关。

在中国革命博物馆内,陈列着苏区中央局委员(周恩来除外)在大会期间的合影。自左至右,依次为:顾作霖、任弼时、朱德、邓发、项英、毛泽东、王稼祥。王稼祥头戴红军八角帽,清瘦而有精神。这帧合影上面写着:"苏区中央局委员摄于第一次全苏大会纪念日,一九三一年十一月七日于赤色瑞金"。这是苏区中央局作为第一次全苏大会领导核心的历史写照。

根据代表大会通过的《宪法大纲》,中央执行委员会是最高权力机关,人民委员会在中央执行委员会之下处理日常政务,并发布一切法令和决议案。代表大会闭幕后,11月25日,以中央执行委员会名义任命朱德、周恩来、彭德怀、王稼祥、林彪、谭震林、叶剑英、孔荷宠、张国焘、邵式平、贺龙、毛泽东、徐祥谦(即徐向前)、关向应、王盛荣等15人为中央革命军事委员会委员,朱德为主席,王稼祥、彭德怀为副主席。中革军委统一领导和指挥全国红军。中革军委之下设立总参谋部,部长叶剑英;总政治部,主任王稼祥;总经理部,部长范树德。

历史将25岁的王稼祥推上了中国工农红军领导人的重要岗位。从这时起,到1945年的14年间,除因出国治病和军委领导机构调整外,他连续担任军委副主席、总政治部主任达 12 年之久。

11 月 27 日,中央执行委员会第一次会议选举毛泽东为主席,项英、张国焘为副主席。会议还选举毛泽东为人民委员会主席,项英、张国焘为副主席。人民委员会内设 9 个人民委员会和国家政治保卫局,会议选举王稼祥为外交人民委员。

叶坪村有一幢 523 平方米的叶氏宗祠,楼下为全苏大会的议事厅,外交人民委员会在楼上。人民委员会的工作人员很少,待遇很低,生活非常简朴,效率很高。由于当时几乎没有什么外交活动,王稼祥的活动主要在参与红军建设与发展、指挥红军作战、主持红军政治工作方面。

国民党第二十六军原是冯玉祥西北军部队。1926 年北伐战争开始后,冯玉祥在五原誓师配合北伐军。为了把这支部队改造为革命军队,中国共产党曾派刘伯坚、邓小平等到该部工作,刘伯坚曾任该军总政治部部长。尽管大革命失败后冯玉祥将这些共产党员"礼送出境",但共产党的影响在这支部队中仍然存在,党的工作、党的活动始终没有停止过。七十二旅旅部参谋刘振亚就是一直与党保持联系的共产党员,后被中共中央任命为该军中共特支书记。1930年蒋、阎、冯之间的中原大战结束后,冯玉祥兵败下野,第二十六路军被蒋介石改编,条件非常苛刻,只将全军编为 2 个师,共 6 个旅,其中七十二旅和七十四旅是主力。该军总指挥为孙连仲,赵博生为总参谋长。

蒋介石出于清除异己、调虎离山的险恶用心,命令二十六军于1931 年 1 月由北方调到江西"剿共"前线,驻扎在宁都。部队到达江西后,不适应南方气候,疾病流行,减员日增,官兵厌战情绪增长。

在第二次对中央根据地的"清剿"中,该军第二十七师一个旅被歼,全军普遍存在反抗与不满的情绪。

针对二十六军的历史和现状,在上海中央军委工作的朱瑞、李富春,决定派袁汉澄、王超、李肃3人到该部做兵运工作。九一八事变后,又决定在二十六军中建立中共特别支部,刘振亚为特支书记,袁汉澄为组织委员,王铭五为宣传委员。

在酝酿、策划起义的关键时刻,蒋介石的南昌行营给二十六军拍来"十万火急"的电报,密令二十六军逮捕刘振亚、袁汉澄、王铭五3人,押送南昌行营。译电主任、共产党员罗亚平收到电报后,立即将电报交给赵博生、刘振亚。经过特支研究,决定派袁汉澄星夜赶往瑞金,向中央革命军事委员会汇报,取得苏区中央局的指示和红军的策应。12月10日,袁汉澄来到瑞金叶坪,要求面见红军领导人,请求紧急指示。中革军委主席兼红军总司令朱德首先接见了他,王稼祥是第二位接见他的红军领导人。

朱德和王稼祥最关心的是起义有没有可能,袁汉澄认为有可能,并且将二十六军存在的官兵矛盾、派系严重、与蒋介石矛盾、联共还是反共思想不安定等4个矛盾做了介绍。

王稼祥仔细地听了袁汉澄的汇报,激动地说:"二十六军存在着直接的革命形势。"他还告诉袁汉澄直接的革命形势就是列宁所说的3个条件,一是统治者不能继续统治下去;二是被统治者也不愿继续被统治下去;三是中间阶层有动摇,有到革命方面来的表示。他的分析,既理论又实际,增强了袁汉澄等人起义的胜利信心。

第二天,中革军委召开专门会议,讨论和研究二十六军起义问题,王稼祥、朱德、左权、刘伯坚、叶剑英、李富春等出席了会议。会议对起义的方针和行动布置做了 7 点指示,并决定王稼祥、刘伯坚和左权携带电台到宁都固厚区(澎湃县苏维埃政府所在地),负责联络和相机处理有关起义的重大问题。

起义原定于 12 月 13 日举行。为确保起义的胜利,中革军委派红四军开赴宁都东北 10 公里的会同地区,监视和牵制驻广昌县的蒋介石嫡系部队。但是由于准备工作尚不够充分,加上南昌运出的 2 万多套棉衣刚到广昌,13 日才能运到宁都,经王稼祥等中革军委领导人研究,当机立断,决定起义时间推迟一天。

12 月 14 日,第二十六军 1.7 万余人在宁都宣布起义,带着两万多件武器开进中央苏区。起义部队改编为红五军团,由季振同为军团总指挥,董振堂为副总指挥兼十三军军长,赵博生为军团参谋长兼十四军军长,黄中岳为十五军军长。红五军团组建后,于 12 月 17 日离开固厚,开赴石城县秋溪一带。毛泽东亲自指导红五军团的建设工作,并选派大批优秀干部到该军担任党的工作。

宁都起义的胜利和红五军团的诞生,极大地增强了红军的力量,红一方面军由第一次反"围剿"时的 4 万多人发展到 6 万多人。

毛泽东对宁都起义有着很高的评价。他在《论反对日本帝国主义的策略》一文中,以宁都起义为例,明确地指出:"就是曾经和十九路军一道进攻江西红军的第二十六军,不是在 1931 年 12 月举行了宁都起义,变成了红军吗? 宁都起义的领导赵博生、董振堂等人成了坚决革命的同志"。

1938 年,毛泽东在延安接见了领导宁都起义的部分同志,并邀请大家一起合影。正当大家排好即将合影时,毛泽东发现王稼祥不在就说,快去请稼祥同志一起来。王稼祥站在毛泽东和肖劲光的中间。毛泽东在合影照片上题词："以宁都起义的精神用于反对日本帝国主义，我们是战无不胜的！"

宁都起义第二天，原在上海而没有到任的中共苏区中央局书记周恩来在秘密交通护送下进入闽西苏区。月底到达瑞金。周恩来到达时，苏区中央局正在讨论攻打江西中心城市的问题。王稼祥参加了这次讨论。

临时中央一味强调要攻打中心城市，采取所谓"进攻路线"，认为国民党当局正大举进攻鄂豫皖苏区，对赣江上游防守较松，红军主力应首取赣州，迫吉安，与赣西南打成一片，巩固赣南根据地。毛泽东不同意打赣州，觉得大家把事情看得太简单了。王稼祥一开始也不赞成打赣州。

周恩来在到苏区之前，曾主张打赣州；到苏区后，同毛泽东等人交换意见、了解情况后，他改变了自己的想法，感到以红军目前的力量，攻打赣州很困难。为此，他致电临时中央，认为攻打中心城市困难。但临时中央来电坚决要求打下赣州。毛泽东仍不同意。周恩来和苏区中央局多数人觉得，抚州、吉安、赣州这3个城市相比较，赣州可以打下来，因为它处在苏区包围之中，而且守敌兵力不多。王稼祥尊重多数人的意见，同意打赣州。

攻打赣州的部署为：以红三军团、红四军为主作战军，担负攻城和打援任务，彭德怀为前敌总指挥；江西、闽西军区的7个独立师为支作战军，陈毅为总指挥，担负消灭苏区内的地主武装、打击增援赣州之敌的任务，配合主作战军作战。2月4日，红军开始围攻赣州。

既然决定打赣州，作为总政治部主任的王稼祥当然希望打好这一仗。他以总政治部主任名义对参战部队做政治动员，对部队连续发追几个指示和训令，交代作战中应注意的问题，宣布进攻和占领城市后的各项政策，对参战部队的宣传工作、保卫工作以及纪律等都做了规定。

事实证明，攻打赣州是错误的，徒劳无功。原估计赣州的守敌为 8000 人，实际却有 18000 人，超过预计的 1 倍以上，也超过了攻城的红三军团的 14000 人。从 2 月 4 日红军开始围城到 3 月 7 日被迫撤围，历时 33 天，红军虽然发扬英勇顽强的精神努力拼杀，并发动了 4 次进攻，都未能将敌人坚固设防的城市攻下，反而伤亡了3000 多人。

3 月中旬，苏区中央局扩大会议在赣县江口召开，主要讨论打赣州的经验教训和红军下一步的行动方针。周恩来、毛泽东、朱德、王稼祥等领导人参加了会议。毛泽东在会上提出攻打赣州是错误的，主张红军主力应向敌人力量比较薄弱、党和群众基础较好、地势有利的赣东北发展。但中央局多数人受临时中央的影响，否决了毛泽东的意见，决定红军主力"夹赣江而下"，向北发展，相机夺取赣江流域的中心城市或较大城市。

王稼祥对未能攻克赣州，并造成伤亡做了深刻反思，为此他撰写了《围攻赣州的教训》一文，代表了他对攻打赣州得失的认识。通过攻打赣州一役，王稼祥对临时中央的做法有所怀疑，并对毛泽东更加信服了。

赣州战役后，红一、红五军团组成中路军。毛泽东以临时中央政府主席和中革军委委员的身份率红一军团北上，向宁都集中。毛泽东设想，向闽西发展，向东发展。苏区中央局采纳了毛泽东的主张，将中路军改为东路军。

4月3日,红一军团和红五军团分别由长汀、信丰出发,向龙岩、漳州前进。4月10日,攻占龙岩城,歼灭国民党军一个多团,俘680多人,缴枪900多支。4月20日,在毛泽东指挥下,红军攻克漳州城,取得了辉煌的战果。

同样是城市,为什么打赣州是错误的?打漳州是正确的?这引起王稼祥深深的思考。他认为毛泽东的军事思想、战略战术符合实际情况,因而取得胜利;而临时中央的指示完全脱离实际,只能到处碰壁。

东路军回师后,红军编制做了调整,恢复红一方面军总部,仍辖红一、红三、红五3个军团,朱德兼总司令,王稼祥兼总政治部主任。毛泽东并未担任总政治委员的职务,仍以临时中央政府主席身份随红一方面军行动。

7月21日,周恩来作为苏区中央局代表赶到前线,后方工作由中央局副书记任弼时和临时中央政府副主席项英主持。鉴于中央提议周恩来兼任红一方面军总政治委员,周恩来、毛泽东、朱德、王稼祥联名致电中央局,提议毛泽东担任总政治委员。

8月初,王稼祥、周恩来等领导人参加了中央局召开的兴国会议。这次会议决定红军主力北上消灭乐安、宜黄、永丰之敌,并对红军进行整编。8月8日,决定在前方组织军事最高会议,由周恩来、毛泽东、朱德、王稼祥组成,以周恩来为主席,负责处理前方的行动方针和作战计划。同日,中革军委主席朱德,副主席王稼祥、彭德怀发出通令,宣布:"奉中央政府命令,特任毛泽东同志为红军第一方面军总政治委员,现毛同志已到军工作"。

红一方面军接到中革军委命令后,佯作向西行动,主力却隐蔽急行北上。王稼祥随军行动。红军连续行军一星期,于8月15日开抵同敌军相对的拓携、东韶一线时,对方还毫无察觉。第二天,红军出敌不意,突然发起攻击。17日攻占乐安,20日攻克宜黄,23日占领南丰。

乐安、宜黄战役,是在周、毛、朱、王指挥下进行的一次成功的战役。这一仗,行动隐蔽,速战速决,各个击破,一周内连克3城,歼灭国民党军第二十七师,俘虏5000多人,缴获长短枪4000余支和一批军用物资。南昌、抚州大震。

这时的王稼祥,在中央苏区党内、军内已经享有很高的威信,被公认为红军的四大领袖之一。

在前方负责指挥作战的周、毛、朱、王从实际出发,没有按照苏区中央局确定的行动计划西取吉安或北攻抚州,而是挥师东进,攻打南城,准备打开赣东局面。

但在后方主持苏区中央局工作的领导人却一再催促红一方面军继续北上,威胁南昌。认为这样才能减轻敌人对鄂豫皖、湘鄂西苏区的压力,给这些根据地以直接支援。在前方的周、毛、朱、王仍坚持原作战计划,并发出训令,决定红一方面军由宁都地区北上,分兵赤化宜黄、乐安、安丰之间地区,争取群众,布置战场。

苏区中央局不能容忍训令的内容,决定召开一次全体会议来解决问题。

10月3日至8日,苏区中央局全体会议在宁都小源召开,史称宁都会议。出席会议的有在后方的任弼时、项英、顾作霖、邓发,有在前方的周恩来、毛泽东、朱德、王稼祥,列席会议的有刘伯承。

1932年11月12日,任弼时、项英、顾作霖、邓发在《对宁都会议争论问题之说明》中，说这次会议"开展了中央局从未有过的反倾向的斗争"。

毛泽东在会上不同意无条件地离开苏区出击强敌；而多数人则指责毛泽东是"上山主义""东北路线"，其提出的诱敌深入方针是"守株待兔"。

会议还有一个焦点问题引起了争论：毛泽东是否留在前线指挥作战？有人提出把毛泽东召回后方，专负中央政府工作责任，由周恩来负战争领导的总责。

善于顾全大局的周恩来在发言中指出，后方对毛泽东的批评过重。毛泽东的经验多偏于作战，他的兴趣亦在主持战争，在前方时可以提供许多意见，对战争有所帮助。据此，周恩来提出两种方案供选择："一种由我负主持战争全责，泽东仍留前方助理；另一种是泽东负指挥战争全责，我负责监督行动方针的执行。"但多数人不能同意毛泽东负指挥战争的全责，只同意让他"仍留前方助理"的意见，同时批准毛泽东暂时请病假，必要时到前方。

在这次会议上，王稼祥经过深思熟虑，明确表示支持毛泽东，不同意毛泽东离开红军领导岗位。但是，王稼祥的意见只属少数，少数必须服从多数，这是组织原则，他只能徒唤奈何。

会后，毛泽东准备到长汀福音医院疗养。王稼祥、周恩来等为他送行。走在崎岖的山路上，毛泽东安慰王稼祥："算了吧，我们是少数，还是服从多数吧！"王稼祥为自己不能力挽狂澜而感到惭愧，只是默默地点点头，紧紧握住老战友的手，希望他保重，一路顺风。毛泽东转身又向送别的周恩来表示："前方军事急需，何时电召便何时来。"王稼祥、周恩来都为毛泽东这种顾全大局、不计较个人得失的精神所感动。

宁都会议解除了毛泽东在红军中的领导职务,迫使他暂时离开红军,削弱了红一方面军的领导力量。这一严重后果在第五次反"围剿"时得到证实,从而表明:中国工农红军不能没有毛泽东!

在宁都会议召开的那段日子里,湘鄂西和鄂豫皖苏区的红军主力先后退出了原有的革命根据地。1932 年 9 月底,贺龙领导的红三军退出了洪湖根据地,转向大洪山地区。时隔一月,红四方面军主力两万多人越过平汉路向西突围,于 11 月到达陕南地区。蒋介石认为目的已经达到,于是腾出手来全力围攻中央根据地。

毛泽东虽然离开了领导岗位,但在前方指挥作战的仍是周恩来、朱德、王稼祥等人。他们继续坚持毛泽东的正确战略方针,红军取得了许多重大胜利。也决定乘敌人尚未部署完成对中央苏区大规模的"围剿"前,出其不意地消灭建宁、黎川、泰宁之敌。10 月 18 日,红一方面军连克黎川、建宁;19 日、22 日又克泰宁、邵武;11 月 17 日、19 日再克资溪、金溪,打开了赣东、闽北局面。这些战斗都可看作是第四次反"围剿"前的前哨战。

除了同周恩来、朱德一起参与指挥作战外,王稼祥的主要工作是在红军中进行政治动员,增强指战员粉碎敌人"围剿"的决心。为此,他以总政治部主任的名义,发出了《关于粉碎敌人第四次"围剿"中政治工作的训令》。《训令》成为红军政治工作的重要历史文献。

虽然王稼祥在《训令》中认为瓦解敌军是夺取第四次反"围剿"胜利的条件之一,但觉得言犹未尽,于是又发布了一个《关于在敌军中的政治工作训令》,将前一《训令》有关在敌军中的政治工作进一步具体化。

安排好政治宣传工作后，王稼祥满怀信心地投入第四次反"围剿"的战斗中。

第四次反"围剿"战斗正在胜利进行的时候，原在上海的临时中央因处境日益恶劣于 1933 年 1 月 17 日决定迁来中央苏区。二三月间，临时中央负责人博古等到达中央苏区。博古到瑞金后，将临时中央政治局和苏区中央局合并，成立新的中共中央局，负责主持日常工作。自此，中央苏区的军事行动就由临时中央在瑞金直接发号施令、指挥一切。

尽管当时苏区的斗争形势很艰难，敌人大兵压境，然而博古这位 26 岁的年轻人，置身中共中央总负责的位置，却完全不做调查研究，不顾实际情况，于 2 月 4 日致电周恩来、朱德、王稼祥，要求红军先攻占南丰，并乘胜威胁南城、抚州。

长期的战争实践，使周、朱、王等人认识到攻占敌人重兵布防的坚固城市南丰是错误的。他们先后发出 9 份电报，表明自己的看法，抵制这种错误主张。果然不出周、朱、王等人所料，敌人负责"围剿"的中路军总指挥、蒋介石的嫡系将领陈诚一看红一方面军围攻南丰县城大喜过望，命第五军军长罗卓英指挥第一纵队，第四军军长吴奇伟指挥第二纵队，第八军军长赵观涛指挥第三纵队，迅速增援南丰城，企图合围红军于城下。

军情千钧一发！

周恩来、朱德、王稼祥获悉敌情的这一变化后，果断改变原有军事部署，留下少数兵力继续佯攻南丰：以一部兵力伪装主力，向东面的黎川方向转移，将敌第二、第三纵队引向黎川；将主力四五万人秘密撤至南丰西南的东韶、洛口、吴村地区隐蔽集结，待机歼敌。

这一布置保证了第四次反"围剿"的胜利,战局也是按照他们的设想发展的。陈诚的第二、第三纵队被红军的一部吸引到黎川方向。2月26日,敌第一纵队为配合主力寻歼红军于黎川地区,以右翼第五十二师、第五十九师,取道永丰、乐安,分两路向宜黄南部的黄陂地区并进,将整个右翼暴露在红军面前。第二天,其第五十二师行抵黄陂、蚊湖附近时,突然受到红军拦腰攻击,被截成数段。经过两天激战,全部被歼,师长李明受伤被俘。第五十二师被歼灭的第二天,第五十九师东进至霍源附近与红军接触。师长陈明骥受陈诚的指令率部亡命冲击,结果全师大部被歼,师长亦做了红军的俘虏。黄陂大捷意义重大,王稼祥也充满了胜利的喜悦。

3月中旬,陈诚改变部署,将三路"分进合击"改为"中间突破":6个师编成两个纵队,分前后两个梯队,由宜黄经东陂、甘竹向广昌进发,寻求红军主力决战。红一方面军以小部兵力在广昌西北担任阻击,吸引敌人;主力隐蔽集结于敌人右侧的洛口、东韶、南团、小布地区待机。3月20日黄昏,陈诚的后续梯队第十一师进入草台冈、徐庄一线,与前梯队相距近百里。这时,罗卓英率第五十九师残部温良旅也到达东陂以北五里牌,判断红军似在等待主力的到来,因草台冈地形不利,即电令第十一师连夜撤回五里牌,但第十一师师长萧乾怕官兵疲劳,不肯回撤。3月21日拂晓,红一方面军突然向敌第十一师出击。第十一师是陈诚的嫡系主力,战斗力很强。这次战斗异常激烈,双方在崇山峻岭之间进行白刃战,贴身肉搏。战斗持续到下午1时,终于将第十一师和第五十九师残部基本歼灭。

黄陂和草台冈2个战役,共歼敌近3个师、2.8万人,活捉两名师长,毙伤16名师、旅、团长,红军取得了第四次反"围剿"的巨大胜利。在第四次反"围剿"中，周恩来、朱德、王稼祥首次创造大规模、大兵团伏击敌军并获得胜利的先例，在红军的历史上写下光辉的一页。

二、受伤最重的领导人

红一方面军取得反"围剿"胜利后，红军总政治部直属队迁到了乐安县谷冈村，王稼祥也住在这里。

谷冈村在乐安县以东 21 公里，是一个四面环山的山窝子，有 50 多户人家。驻地虽然隐蔽，但经常受到国民党空军飞机的轰炸。

4 月 28 日，王稼祥正在乐安县谷冈村主持召开军委政治工作会议，突然受到敌机轰炸，身负重伤。

王稼祥的受伤经过，有 3 个人的回忆可以再现当时的危急情景。

时任红军总政治部青年部部长的肖华对此回忆道：

> 我清楚地记得，在 1933 年 4 月，中央红军取得了第四次反"围剿"的重大胜利后，为了庆祝胜利，进一步鼓舞部队的战斗情绪，总政治部在江西乐安召开了全军青年工作会议。朱德总司令、周恩来政委和总政治部主任王稼祥都参加了会议。正当周政委讲话时，突然飞来 6 架敌机，对作为会场的祠堂滥施轰炸。我和许多同志脱险了，王稼祥主任却不幸负了重伤，弹片打穿了他的肠子，耳膜也被震破。

当时任红军总部直属队政治处主任的莫文骅也在谷冈村，他的

王稼祥传

回忆则提供了王稼祥负伤的详细情节：

> 第一批炸弹打下来时，恰巧打在我附近，伤亡了一些人，我的右腿被碎弹片打了，受了轻伤。……一排排的弹落下，敌机的怪叫声与炸弹的响声和我们打飞机的机枪声交响着，又听到伤员们的呻吟声，真是一个紧张而剧烈的战斗场面。……至于总部开会的领导同志呢？真危险啊！炸弹直接几次落到他们开会的古庙周围，幸而还没有直接命中古庙。在古庙，当时有许多领导同志在内，有的躲在墙角下，有的躲在灶里。敌机乱炸约一刻多钟就飞走了。我们立即抢救伤员，掩埋尸体，进行登记，发负伤证、负伤费等，并连夜把伤员运回后方。这次伤亡共 300 多人，而以特务营为多，因为他们疏散在树林里，都挨了几排炸弹！而更重要的损失，则是总政治部主任王稼祥同志腹部负重伤！弹片打进右侧肚子里，伤了肠子。稼祥同志从此处于病中。

当时任王稼祥勤务员的唐继章回忆说：

> 一天上午，骤然响起防空号，王稼祥迅速组织同志们疏散、隐蔽。此时敌机开始扫射了，急得周恩来同志高声叫道："稼祥，卧倒！快卧倒！"而他却忘我地送走最后一批同志。当他转身隐蔽时，一颗炸弹在不远处爆炸了。他不幸身负重伤，倒在血泊之中。

王稼祥是当时领导人中受伤最重的一位。

军委卫生部部长贺诚给王稼祥检查伤口时发现，弹片打进了他的右腹部,炸伤了肠子,胯部骨盆里也中了弹片,加上脑震荡和耳膜出血,伤势十分严重。医生用电磁铁吸出了部分弹片,但一些残留在肌肤深处的弹片仍无法取出。周恩来决定,由贺诚亲自带领医务组和一个警卫队,立即护送王稼祥到瑞金红军总医院。

一直昏迷的王稼祥,在去瑞金的路上才清醒过来。醒后,他抓住贺诚的手问道:"周恩来等同志的安危如何?请告诉我!"贺诚为他这种关心别人的精神所感动,对他说:"除了一些战士受伤,物资有些损失外,周恩来等同志都很平安。王主任,您就安心休养吧!"王稼祥听后,才放下心来,脸上露出微笑。

瑞金总医院的条件很差,连必要的 X 光机也没有,无法判明弹片的确切位置,不能动大手术,只好采取保守疗法。卫生部给上海地下党发了电报,由他们搞了一台 X 光机,查清了弹伤的部位。

在给王稼祥做手术时,限于医疗条件,主治医生只同意切开引流,即打开腹腔放脓。在没有麻醉剂的情况下,医生给王稼祥动了手术。战友们得知此事,赞叹说:"中国历史上传为美谈的关公刮骨取箭,与稼祥同志这样的大手术相比,真是小巫见大巫了!"

负伤时,王稼祥才 28 岁。以后 40 年,他强忍着疼痛,与病魔做斗争,为党和人民战斗到最后一息。

三、红军政治工作的奠基者之一

在中央苏区,应该特别提出的是王稼祥对红军政治工作的贡献。

从 1931 年 11 月他担任红军总政治部主任,一直到 1934 年 2

月的红军第一次政治工作会议期间，他负责全军的政治工作，建树颇多。中革军委主席朱德对此评价很高："尤其是第一次全苏大会后，成立了总政治部，红军政治工作特别进步，特别表现其伟大力量出来。"

王稼祥花费很大气力健全红军政治工作领导机关和政治工作制度，先后主持制定了 19 个红军政治工作条例。这些条例既总结了 3 年多来红军政治工作的经验特别是反"围剿"作战中政治工作的经验，又借鉴了苏联红军政治工作条例的有关内容，具有很强的针对性和可操作性。

王稼祥还重视党的建设，发挥支部的堡垒作用。他在《改善和加强红军中党的支部工作》一文中说：

> 支部是党的最下层的组织基础，是党与群众的连环，所以，支部要特别注意本环境中的群众教育、群众情绪，要将党的决议在群众中实现，要积极地在各方面去领导群众，这样才能扩大党的政治影响，巩固党在革命中的领导。

1932 年，在他主持下，制定和颁布了《政治委员工作须知》《连指导员工作须知》，对团政治委员、连政治指导员的职责，在平时政治工作、行军和作战中的政治工作、管理和给养工作以及地方群众工作等方面，分别提出了明确而具体的要求。其中，《连指导员工作须知》对当好连指导员提出了 10 项条件。

"党对军队的绝对领导。"这个提法有王稼祥的贡献。

1932 年 1 月 19 日，他发表《改善和加强红军中党的支部工作》一文，指出："加强党的自身教育，扩大党的政治影响，提高并巩固党在红军中的绝对领导,保证红军中对上级命令的执行与巩固红军中的纪律,这是目前红军中党的最中心任务。"(《王稼祥选集》第16页,人民出版社1989年版)

1932年,王稼祥同贺昌签发的《关于红军中党的工作的训令》提出"要保障党在红军中的绝对领导"。

1932年10月27日,他发出《关于粉碎敌人第四次"围剿"中政治工作的训令》又指出:"我们必须加紧思想斗争,来克服一切不正确的倾向,加强无产阶级先锋队——共产党在红军的绝对领导,用共产党的统一意志来领导红军。"(《王稼祥选集》第38页,人民出版社1989年版)

"党对军队的绝对领导"的提法,盖源于此。

曾在红军总政治部工作的王斌认为:

> 王稼祥同志在担任中国工农红军总政治部主任期间,有系统地建立了一套完整的红军政治工作的制度、条例、办法,这是红军老干部有口皆碑的。他从苏联留学回来,是马列主义的"科班"。他把苏联红军的一整套政治工作经验介绍到我军,根据中国红军的实际情况,有所发展和创造,为我党我军建立了丰功伟绩。直到今天,我军在人民中享有很高的威望。艰苦奋斗,冲锋在前,退却在后,吃苦在前,享受在后,红军战无不胜,攻无不克,成为过得硬的钢铁长城,靠的是红军的政治工作。这同王稼祥同志等老一辈无产阶级革命家、军事家的贡献都是分不开的。

王斌还特地指出：

> 王稼祥同志对红军的政治工作是付出了巨大艰辛的。红军的政治委员，支部、团、营、连的政治工作制度，保卫工作制度都是他一手抓起来的。他对红军中工人、农民、知识分子出身的干部和战士，都看成是同志和兄弟。他特别能团结知识分子，发挥知识分子的作用。我记得，当时红军中四根"顶梁柱"——司（司令部）、政（政治部）、供（供给部）、卫（卫生部）中的知识分子，都能积极发挥作用。他给我们解放军的政治工作，留下了一整套的思想、制度和方法。今天，中国人民解放军是一支保卫祖国、建设祖国的可靠可爱的力量，人民敬爱的子弟兵。我们的军队形成了这样好的军威、军风，绝对不能忘记他。

王稼祥作为红军政治工作的奠基者之一，是当之无愧的。

1934 年 2 月 7 日至 12 日，在瑞金召开了红军第一次政治工作会议。正是在这次会议上，王稼祥、周恩来、朱德等人提出了"政治工作是我们红军的生命线"的著名论断。这个论断是王稼祥在为会议所做的开幕词中提出来的，当时载于中国工农红军总政治部主办的《红星报》第 28 期，后来收入了《王稼祥选集》。

如果认真考察，"政治工作是红军的生命线"的提法，在 1932 年就被第一次提出。请看 1932 年 7 月 21 日临时中央给苏区中央局并闽赣省委的指示信：

> 政治工作在红军中有决定的意义，每一个红军战斗员不仅要能够有充分的军事技术——手的武器，而且最重要

的是脑子的武装。必须充实现有军队中的政治工作,实现中央政治工作条例。政治工作不是附带的,而是红军的生命线。

王稼祥的贡献在于:

阐述政治工作在红军中的地位——"一切战争如果没有政治工作的保障是不能达到任务的。"

突出政治工作在红军中的作用——"政治工作就是要提高红军战士与工农群众的积极性";"政治工作是提高红军战斗力的原动力"。

这个命题经过几十年革命斗争的实践检验,已被证明是革命军队建设的真理,成为中国人民解放军的一个政治优势。这是红军第一次政治工作会议的杰出贡献,王稼祥功不可没。

第三章　长征路上的坚强战士

一、遵义会议上的关键一票

由于负伤，王稼祥在瑞金养病，同在瑞金主持临时中央政府工作的毛泽东接触多了起来。他赞同毛泽东的正确主张，常常为毛泽东的主张辩护。

当时苏区有一个"毒瘤"即"左"的宗派主义干部路线。只要认为谁是右倾，动辄处罚、关押，甚至杀头。王稼祥不怕风险，勇于负责，在他力所能及的范围内，保护了邓飞、肖劲光、邓小平、王斌等一大批干部。

广昌失守后，他进行了深入思考，对博古、李德等人非常失望，下了决心一定要在适当的时候反对他们的错误路线，支持毛泽东的正确主张。

第五次反"围剿"的失败，使红军被迫长征。

1934 年 10 月 10 日晚，中共中央、中革军委率红军第一、三、五、八、九军团及中央、军委机关和直属部队共 8.6 万余人，分别从瑞金、雩都出发，被迫实行战略大转移。这次严格保密的行动是由博古、李德、周恩来组成的"三人团"负责实施的。中共中央、中革军委及其直属单位,按战斗序列组成两个纵队,除最高"三人团"外,朱德、毛泽东、张闻天、王稼祥等都在第一纵队。

第一纵队代号为红星纵队,王稼祥是从医院被抬上担架走上长征路的。他躺在担架上,怀着满腹的心事,随着大队艰难行进。在长征路上,他的伤口时时向外流着脓血,一根四五寸长的橡皮管子塞在他的伤口里排脓。医生每次换药时,总是小心翼翼地替他拔掉橡皮管子,他牙齿咬得咯咯响,脸上豆大的汗珠一颗颗向外冒,但从未听见他呻吟过一声。管子取出来了,有时大便也跟着从伤口里流出来。伤痛给他肉体上带来巨大的折磨。但他对待工作、对待革命事业一如既往,不管工作多么忙、身体多么疲乏,他都要了解敌情、阅读战报,时刻关注党和红军的命运。

红军突围的方向是根据地的西南方,准备与贺龙等领导的红二、六军团会合。但蒋介石已察觉红军的意图,沿途设置了4道封锁线。尽管红军英勇善战,但由于博古、李德等的瞎指挥,在突破敌人在湘江的第四道封锁线后,红军由长征出发时的8.6万多人,只剩下了3万多人。

红军付出了惨痛的代价,终于突破了敌军的4道封锁线,使蒋介石在湘江以东地区消灭红军的计划彻底破产。蒋介石绝不甘心,仍企图将红军消灭在湖南、贵州一带,于是重新调兵遣将。为了阻止中央红军北上与红二、六军团会合,在通道北面的武冈、城步、绥宁、靖县、会同等地集结几十万军队进行阻挡。

红军又一次面临命运的抉择。

此时,担架上的毛泽东再也躺不住了。长征开始后,他因为生病,一直和王稼祥、张闻天等人在一起行军或宿营,常常谈论党和红军的大事,被人说成是"新三人团"。虽然毛泽东只是一个没有国土的国家主席,同时在政治生涯中处于艰难时期,但他的心里却装着红军的命运,为红军的未来担心。他找到王稼祥提出要重走一条路,"只有西进,向敌人兵力薄弱的贵州进军,才有出路"。

张闻天也意识到毛泽东的主张是正确的,在毛泽东、王稼祥的解释下,站到了正确路线一边。王稼祥又去找红一军团政委聂荣臻交换意见。王稼祥指出李德等人的错误,认为必须让毛泽东出来领导,这个问题必须在一次高级会议上才能解决。聂荣臻完全赞成。

遵义会议前,中共中央曾召开了两次重要会议:通道会议和黎平会议。在这两次会议上,毛泽东的意见占了上风。

1934年12月11日,红一军团二师五团攻占了湖南西南边境上的通道县城。第二天,在该城的恭城书院,中共中央负责人召开临时紧急会议,讨论今后的战略方针问题。这是在长征途中举行的短暂的"飞行集会"。参加会议的有博古、李德、周恩来、毛泽东、王稼祥、张闻天、朱德等。虽然李德仍坚持朝二、六军团的方向北进,但遭到大多数人的反对。毛泽东力主放弃原定计划,改向敌人力量薄弱的贵州前进。王稼祥赞成和支持毛泽东的主张。张闻天、周恩来、朱德等多数人也赞成。李德气愤地离开了会场。会议决定红军向贵州前进,相机攻占黎平。

通道会议争论的胜利,为长征战略思想转变。

通道会议后,红军开始进入贵州。根据中央军委的布置,红军于13日进入贵州,17日攻占黎平县城。

12月18日,中共中央政治局在黎平县城召开了会议。会议在一座宽大的老式房中进行。这次会议是通道会议的继续,也是两种不同战略方针争论的继续。会上，博古认为，红军进入贵州以后，已经避开国民党军队的追击，目前完全可以沿旧路出黔，然后向东转入湘西，再一直向北，那里才有可能遇到最小的抵抗，实现与二、六军团会师的原计划。

毛泽东直截了当地说："我反对现在和肖贺会师。我们应放弃与二、六军团会师一起建立根据地的意图，红军继续向贵州西北进军，在川黔边境建立新的根据地。"毛泽东手指地图上的遵义，肯定地说："到了遵义，红军如有可能，也可入川，会合四方面军，与川陕边境的红军协同作战。"他的话指明了出路，许多人点头称是。

博古认准了会师一条路，不同意毛泽东的分析。王稼祥见博古坚持原来的战略方针，生气地说："我真不明白，你为什么硬是往敌人口袋里钻！蒋介石在这条路上布置了 7 个师，我们去是自取灭亡！你这是纸上谈兵！"博古恼怒地说："你说我纸上谈兵？你在莫斯科学得不怎么样。"王稼祥并不退让："你在莫斯科只参加了几个月的军训。你和李德在中央苏区的做法根本不对，是瞎指挥！"

在激烈的争论后，主持会议的周恩来决定采纳毛泽东的意见。

据此，黎平会议做出了决定："鉴于目前所形成之情况，政治局认为过去在湘西创立新的苏维埃根据地的决定在目前已经是不可能的，并且是不适宜的。""政治局认为，新的根据地应是川黔边区地区，在最初应以遵义为中心之地区，在不利的条件下应该转移至遵义西北地区，但政治局认为深入黔西、黔西南及云南地区对我们是不利的，我们必须用全力争取实现自己的战略决定，阻止敌驱迫我至前述地区之西南或更西。"

黎平会议的决定，得到了广大指战员的欢迎。黎平会议是长征以来重大战略决策的转折,表明了毛泽东的军事战略意图逐渐为大多数人接受,这也是"新三人团"毛泽东、王稼祥、张闻天对博古、李德的错误领导进行斗争取得的初步胜利。

除了这两个会议之外,还有一个会议值得提起,这就是猴场会议。

黎平会议后,红军由黎平沿着剑河、镇远、施秉、余庆和台拱、黄平、瓮安一路横扫过去,12月31日,进占瓮安县猴场镇。1935年的第一天,在猴场镇外的宋家大院里,中共中央召开了政治局会议。会议重申由毛泽东提出并经黎平会议同意的在川黔边地区建立新根据地的主张,做出了《中央政治局关于渡过乌江后的行动方针的决定》。

1935年1月7日,红军占领遵义,获得了暂时休整的时机。这样,召开政治局扩大会议的条件已经具备。王稼祥是召开遵义会议的积极倡议者。早在湘江之战后,他就提出必须改变博古、李德的错误领导,并在高层领导人中做了酝酿。张闻天、聂荣臻等都支持他的正确主张。现在召开遵义会议"将他们轰下来"的时机已经成熟。

1月9日,中革军委纵队进驻遵义城。毛泽东、王稼祥、张闻天住在遵义新城古寺巷原黔军旅长易少荃宅邸(今幸福巷19号)。这是一幢砖木结构、建筑别致的2层楼房,毛泽东与王稼祥住楼上,张闻天住在楼下,这样3人可以随时接触交谈。

会议前进行了紧张的准备工作。博古等埋头准备总结报告。毛泽东、王稼祥和张闻天3人也进行了紧张而深入的探讨。胸有成竹的毛泽东写好了一个要点式的提纲,3人就此展开了讨论,最后张闻天以毛泽东的提纲为基础,执笔写了一个更详细的提纲,这实际上已是一个反对"左"倾军事路线的报告。

1935 年 1 月 15 日至 17 日,决定着中国共产党和中国工农红军前途和命运的中共中央政治局扩大会议在遵义召开,成为中国革命历史的伟大转折点。

会议是在黔军第二十五军第二师师长柏辉章的公馆里召开的。公馆坐落在遵义老城杨柳街子尹路 80 号,是一幢十分精致漂亮的小洋楼,会议在这幢楼二层楼的东厢房里举行。

博古主持会议,并做了题为《关于反对敌人五次"围剿"的总结》的报告,讲了一个多钟头。首先肯定了四中全会以来中共中央在政治上和战略上的正确性。至于第五次反"围剿"失败,退出中央苏区,他认为是帝国主义和国民党力量的强大,国民党有 100 万大军,其中有 50 万专门用来对付中央苏区,而且还有外国军事顾问;在白区,党对人民群众工作没有做好,游击战争开展不利,瓦解敌军的工作薄弱,各根据地之间配合不好;根据地后方物资供应太差,等等。

留着长胡子的周恩来,接着做了军事问题的副报告。他的报告有四五十分钟,主要是对军事指挥上的错误做了诚恳的自我批评,并主动承担了责任。

会议出现了沉默。

毛泽东发言,表示不同意博古的报告。张闻天也表示不同意。

会议的空气顿时紧张起来。这时,张闻天从自己的口袋里掏出早已准备好的提纲,这提纲是他与毛泽东、王稼祥经过酝酿、研究后写成的,基本是毛泽东的主导思想。他批评前一阶段错误的军事指导思想:对待蒋介石的堡垒设防,采用堡垒对堡垒的错误战术;在反

"围剿"战斗中,与敌人硬拼,而且分散作战兵力;不利用十九路军起义的有利时机削弱敌人,粉碎敌人的"围剿";在部队突围时,惊慌失措,犯了逃跑主义的错误;转移中仍固执己见,坚持继续与二、六军团会合,等等。

张闻天的发言,无疑是对博古的当头一棒。他万万没有想到张闻天与自己共事多年,而且两人还是莫斯科中山大学的同学,很多想法、做法曾经是一致的,但在关键时刻两人遭到反对,心里有点反感。因为时间不早了,博古宣布休会,下午继续进行。

下午的会议开始后,毛泽东第一个要求发言。他说出了大家的心里话:博古同志的报告不是实事求是的,是在为自己的错误辩护。我认为"三人团"在指挥红军对付敌人的第五次进攻时,不客气说,犯了军事路线上的错误。这个错误在整个战争中,表现为 3 个阶段:进攻中的冒险主义,防御中的保守主义,退却中的逃跑主义。

毛泽东的观点得到不少人的赞许,接着他又对自己的观点做了深入的说明。毛泽东当时的发言没有留下记录,后来他在陕北红军大学做过讲演,题为《中国革命战争的战略问题》,从中可以看出毛泽东这次发言的基本轮廓。

毛泽东分析道:中国革命战争有 4 个主要的特点。第一个特点,中国是一个政治经济发展不平衡的半殖民地的大国,而又经过了 1924 年至 1927 年的革命;第二个特点,敌人的强大;第三个特点,红军的弱小;第四个特点,共产党的领导和土地革命。

毛泽东打着手势,说出的话让人耳目一新,仿佛走进新天地。

　　这些特点,规定了中国革命战争的指导路线及其许多
　战略战术的原则。第一个特点和第四个特点,规定了中国

红军的可能发展和可能战胜其敌人。第二个特点和第三个特点，规定了中国红军的不可能很快发展和不可能很快战胜其敌人，即是规定了战争的持久，而且如果弄得不好的话，还可能失败。

这就是中国革命战争的两方面。这两方面同时存在着，即是说，既有顺利的条件，又有困难的条件。这是中国革命战争的根本规律，许多规律都是从这个根本的规律发生出来的。我们的十年战争史证明了这个规律的正确性。谁要是睁眼看不见这些根本性质的规律，谁就不能指导中国的革命战争，谁就不能使红军打胜仗。

毛泽东讲了一个小时左右。他的发言态度诚恳、认识深刻、论据充分、富有哲理，有很强的说服力，很多人一下子就接受了。

博古心里很不好受，情绪一落千丈。他感到毛泽东的发言的确击中了要害，其中不少观点他还是第一次听到。他环顾四周，见彭德怀满脸兴奋、聂荣臻含笑沉思、刘伯承频频点头……这些将领都沉醉在毛泽东的发言中。猛然，一种孤独之感涌上心头。他越想心里越不是滋味，便拼命地用抽烟来强抑难耐的心情。他将目光集中在王稼祥身上，希望这位中山大学的老同学能拉他一把。

这时，躺在藤椅上的王稼祥坐了起来，旗帜鲜明地表示："我同意毛泽东同志的发言，正如他所指出的那样，第五次反'围剿'战争之所以失败，我们在军事上犯了严重的错误，不能归咎于其他原因，客观因素有一点，但不是主要的。他旗帜鲜明地支持了毛泽东的意见，严厉地批评了李德和博古在军事上的错误。

聂荣臻在会上一提起李德的瞎指挥就十分生气。总参谋长刘伯承也忍不住要发言。历来谦和稳重的朱德，这次却声色俱厉、心情沉重地提出："如果继续这样地领导，我们就不能再跟着走下去！"

会议期间，王稼祥和毛泽东、张闻天3人每天吃过晚饭就在一起商量、讨论下一天会议的议题。他们在许多问题上都达成共识。

王稼祥在会议期间，不管伤痛如何剧烈，从不缺席。警卫员邱仁华看到他那副疲惫不堪的样子，劝他请假休息一天。他带着责备的口气说："你们懂得什么？那么重要的会议，还顾得上请假。"

第二天，博古宣布开会。会场沉默了一会儿，一直没有吭气的刘少奇发言了，要求中央全面检查四中全会以来，特别是五中全会以来，白区和苏区党的路线是否正确。由于当时紧迫的问题是军事问题，政治路线问题一时还难以解决，毛泽东建议会议的中心仍围绕军事路线问题。

说到军事问题，五军团政委李卓然发言，他认为前一段军事路线是错误的。一直没有发言的陈云表态了：过湘江的历史不能重演，"三人团"的领导必须改变。

最后，周恩来做了自我批评，赞成毛泽东出来领导红军。

作为"三人团"领导成员之一，同时又是中央政治局常委、书记处书记、军委副主席、红军总政委，周恩来的发言是举足轻重的。

经过3天的讨论，会议委托张闻天在会后起草决议。张闻天在"毛、张、王"3人原有提纲的基础上，吸收了大家的意见，执笔完成了《中共中央关于敌人五次"围剿"的总结决议》，后经政治局讨论通过。《决议》充分肯定了毛泽东、王稼祥、张闻天3人的正确意见，总结和检查了第五次反"围剿"的经验教训，重申了毛泽东多年以来取得的宝贵经验，第一次系统地阐明了中国革命战争的特点和战略战术,揭露和批判了无视这些特点的左倾教条主义的错误是导致第五次反"围剿"失败的根本原因。《决议》不仅指出了博古、李德的主要错误,同时还批评了他们恶劣的领导作风,还首次提出了中国革命过程中的独立自主原则。

会议的一个重要内容是组织上的调整。在后来一个相当长时期里,包括与会者的回忆文章,都没有详细准确记述这个问题。50年后的 1985 年 1 月 17 日,《人民日报》发表了陈云当时写下的《遵义政治局扩大会议传达提纲》手稿,手稿的内容使遵义会议研究有了划时代的突破。《提纲》上写道:

> 扩大会议作了下列决定:
>
> (一)毛泽东同志选为常委。(二)指定洛甫同志起草决议,委托常委审查后,发到支部中去讨论。(三)常委中再进行适当的分工。(四)取消三人团,仍由最高军事首长朱周为军事指挥员,而恩来同志是党内委托的对于指挥军事上下最后决心的负责者。

在遵义会议上,王稼祥被增选为中央政治局委员。会议结束后,中央常委开会分工,由张闻天代替博古负总责,主持党中央的日常工作,毛泽东为周恩来军事指挥上的帮助者。在行军途中又组织以毛泽东、周恩来、王稼祥为成员的 3 人军事指挥小组,作为中央领导红军的最高机构,全权指挥红军的军事活动。从此,王稼祥在党中央和红军中的责任更重了。

遵义会议结束了王明"左"倾教条主义在中共中央的统治,确立了毛泽东在全党全军的领导地位,开始形成以毛泽东为核心的领导集体,在革命的危急关头,挽救了党,挽救了红军,挽救了中国革命,使中国革命的航船驶向正确的航道,是一个伟大的历史转折。

当年参加会议的翻译伍修权在回忆录中认为:

> 促成这一伟大转折,固然是我党老一辈革命家共同努力的结果,"但是客观地讲,促成遵义会议的召开,起第一位作用的是王稼祥同志"。

周恩来也多次强调王稼祥在遵义会议前后的贡献:

> 从湘桂黔交界外,毛主席、稼祥、洛甫即批评军事路线,一路开会争论。"在争论过程中间,毛主席说服了中央许多同志,首先是得到了王稼祥同志的支持,还有其他中央同志。"他又进一步作了说明:"长征中,毛泽东先取得了稼祥、洛甫的支持。那时在中央局工作的主要的成员,经过不断斗争,在遵义会议前夜,就排除了李德,不让李德指挥作战。这样就开好了遵义会议。"

对于王稼祥在遵义会议的贡献,陈毅在党的七大期间曾做过这样一段生动的比喻:

> 稼祥同志好比楚汉之争中的韩信,韩信归汉则汉胜,归楚则楚胜,是举足轻重的人物。王稼祥同志在遵义会议上也就是起了这样的重要作用,他那"一票"是举足轻重的。

王震不清楚王稼祥的这段历史。在中共十大期间,周恩来传达了毛泽东对王稼祥在遵义会议上贡献的讲话,他才清楚了这段历史。他一方面为王稼祥高兴，一方面又为王稼祥从不透过喧功的高贵品质而深深感动和由衷敬佩。

毛泽东多次讲过王稼祥对遵义会议的贡献。在1945年中共七大上他还专门讲过这个问题。毛泽东讲道：

> 遵义会议是一个关键，对中国革命的影响非常之大。但是，大家要知道，如果没有洛甫、王稼祥两个同志从第三次"左"倾路线分化出来，就不可能开好遵义会议。同志们把好的账放在我的名下，但绝不能忘记他们两个人。当然，遵义会议参加者还有好多别的同志，酝酿也很久，没有那些同志参加和赞成，光他们两个人也不行；但是，他们两个人是从第三次"左"倾路线分化出来的，作用很大。

在30年后的"文化大革命"中，毛泽东还一再说，王稼祥在党的历史上是有功劳的，他是从教条宗派中第一个站出来支持我的，他在遵义会议上投了"关键的一票"。

遵义会议上的"关键一票"，无论是在党的历史进程中，还是在王稼祥个人经历中，都是最光彩夺目的一页。

二、三人团指挥作战

遵义会议后，王稼祥衷心拥护会议做出的决议，并积极贯彻决议。

遵义会议后新的中央，改变了"左"倾宗派主义的干部政策，对犯了错误的人既严肃批评，又热情总结，同时对以前受到错误打击的人进行平反。

被诬陷为"江西罗明路线"代表的邓小平,在遵义会议前已被任命为中共中央秘书长。肖劲光曾被诬陷为"罗明路线"在军队中的代表而被开除党籍,判刑 5 年。遵义会议刚开完,周恩来就向他宣布:"会议认为,你的问题过去搞错了,取消了对你的处分,决定恢复你的党籍、军籍,中央还考虑要重新安排你的工作"。

方强曾任红二十二师政委,在第五次反"围剿"的筠门岭战斗中,受到"左"倾冒险主义领导人的错误处理,长征途中随中央纵队行动,由政治保卫营押解着。遵义会议后不久,王稼祥接见他和另外几位被押解的同志,紧紧地握着他们的手诚恳地说:

"同志们,让你们受苦了!过去军事路线的错误,不仅给革命、给红军造成了严重的损失,也给你们这些同志带来了精神上的压力和痛苦,我代表党向你们道歉。党马上就要给你们分配新的工作,到了新的岗位,要更加努力,相信你们一定会做出好的成绩。"

受打击的同志都为王稼祥的讲话所感动。随后,方强被分配到中央军委干部团担任党的总支书记。

红军沿着川黔边行军,到达云、贵、川交界的云南省威信县水田寨花房子村。这是 3 省交界处,天亮公鸡鸣,3 个省的人家都可以听到,所以有"鸡鸣三省"之称。在这个地方,张闻天代替了博古,当了党中央总书记。

1935 年 3 月,由于前方军情瞬息万变,指挥必须统一,毛泽东建议中央成立三人团全权指挥军事,这一建议得到采纳。3 月 12 日,中央政治局在苟坝附近召开会议,决定由周恩来、毛泽东、王稼祥组成新的三人团。三人团成为长征途中全党全军最重要的领导机构。这样，王稼祥进入了军事指挥的最高决策层。

1967年，毛泽东在一次谈话中说："后来搞了个三人团，团员一个是我，一个是王稼祥。"

周恩来1972年谈及此事时说："这样，主席才说，既然如此，不能像过去那样指挥，还是成立一个几个人的小组，有主席、稼祥和我，三人小组指挥作战。"

三人团成立后，指挥红军巧妙地与国民党军队周旋，四渡赤水，5月间胜利渡过金沙江，接着又抢占泸定桥，渡过了汹涌咆哮的大渡河。6月中旬，部队到达夹金山。

夹金山，是红军长征途中跨越的第一座雪山，它海拔4000多米，气候变幻无常，一上一下要走70多里。这座山终年积雪，寒气逼人，只有上午9时至下午3时才可过山，别的时间多是风雪困扰、冰雹成灾，行人不是迷途就是被冻死。

6月17日早晨，王稼祥骑着牲口上山，到了半山腰，伤口痛得实在支持不住，便下来步行，踉踉跄跄爬到山顶。担架员实在过意不去，要他坐担架，他说："你们也太累了，还是让我慢慢走吧！"凭着顽强的毅力，他终于翻过了白雪皑皑的雪山。18日，红一方面军进入懋功县城，会见了在这里迎候的红四方面军先头部队第三十军政委李先念。

三、反对张国焘的分裂主义

两大主力会师后，红军的行动方向应当指向哪里？是就地发展，还是继续北上？这是关系红军今后命运头等重要的问题。毛泽东、张闻天、周恩来、朱德、王稼祥等对于张国焘及其率领的红四方面军寄予很大希望,并邀约张国焘前来懋功,"商决一切"。

红一方面军真诚欢迎张国焘。

张国焘早年加入中国共产党,参加了党的一大。党成立之后,这位毕业于北京大学的知识分子曾作为党的代表,到苏联向共产国际汇报中国共产党的情况,还以出席远东劳动人民代表大会中国代表团团长的身份,在克里姆林宫受到列宁的接见。中共六大后去了鄂豫皖,1932 年冬转战到川陕,建立了当时仅次于中央苏区的第二大苏区。此时的张国焘也正急切地盼望着与中央红军的会师。

后来,张国焘在《我的回忆》中记述了这次懋功之行:

> 6 月的一天下午 5 时左右,在离抚边约 3 里路的地方,毛泽东率领着中共中央政治局委员们和一些高级军政干部四五十人,立在路旁迎接我们。我一看见,立即下马,跑过去,和他们拥抱握手。久经患难,至此重逢,情绪之欢欣是难以形容的。毛泽东站在预先布置好的一张桌子上,向我致欢迎词,接着我致答词,向中央致敬,并对一方面军的艰苦奋斗,表示深切的慰问。

张国焘的回忆大致可信,但他故意回避了一个内容,即在讲话中公然提出同中央相悖的西进方针:"这里有广大的弱小民族(藏、回),有着优越的地势,我们具有创建川陕新局面的更好条件。"

可以说,从一见面,就埋下了不和谐的种子。毛泽东和张国焘都是中共一大的代表,已经多年不见了,但一见面却话不投机。欢迎的晚餐在关帝庙内举行。餐桌上毛泽东谈笑风生,因为他是湖南人，爱吃辣椒，风趣地说吃辣椒的人是最革命的。这时坐在一边的博古也加入了畅谈，因为他是江苏无锡人，不爱吃辣椒就提出了不同的意见，认为江南人不吃辣椒也有不少革命者，引起大家哈哈大笑。而张国焘在笑谈中却感到十分沉闷，他以为在宴会上一定会提到他开创川陕苏区的好经验和业绩，可是大家谈的是一些吃辣椒的琐事，这对于自尊心很强的张国焘来说深感不快。

6月26日，在两河口举行中共中央政治局扩大会议，周恩来在会上做了报告，提出必须北上建立川陕甘根据地，并认为要以运动战迅速北上攻打驻松潘的胡宗南部，两个方面军要统一指挥，集中于军委。毛泽东、朱德、彭德怀、博古、刘伯承、洛甫都赞成北上方针。张国焘也勉强表示同意。

王稼祥积极赞成北上在川陕建立根据地的战略方针，他在两河口会议上发言说：

> 一、四方面军会合后，能使我们在川陕甘建立根据地。这个地区有许多好条件：首先是一、四方面军汇合后力量大了，其次是帝国主义的干涉远，敌人又隔离，群众受压迫，易于接近我们，等等。有这么许多好条件，但能否成为苏区，要看我们能否消灭敌人。如果认为一面无敌，后退无穷，这就错了。这是躲避斗争，不看到进，只看到退。当然在有的情形下须要退，但现在主要的问题不是在这里，而是要坚决斗争扩大苏维埃区域。

6月28日，中共中央做出《关于一、四方面军会合后战略方针的决定》。决定在一、四方面军会合后集中主力向北进攻，"在运动中大量歼灭敌人。首先取得甘肃南部以创造川陕甘苏维埃根据地，使中国苏维埃运动放在更巩固、更广大的基础上，以争取中国西北各省以至全中国的胜利"。为此，"在战役上必须首先集中主力消灭与打击胡宗南军，夺取松潘与控制松潘以北地区，使主力能够胜利地向甘南前进"。

两河口会议后，总参谋长刘伯承受军委委托，根据政治局决定，拟定了《松潘战役计划》，并以军委主席朱德和副主席周恩来、张国焘、王稼祥的名义，颁布了这一《计划》。北上之路能否打通，在此一役。

王稼祥十分珍惜一、四方面军会师后的有利局面，大力维护两支革命队伍之间的团结。受中央的委托，他同李富春、林伯渠、刘伯承、李维汉等组成慰问团，到四方面军驻地进行慰问，传达北上意义。

7月，当红军到达藏族区、离毛儿盖还有100多里的沙窝时，王稼祥突然发高烧，经医生检查是伤口发炎、肠子糜烂，决定采取紧急措施进行抢救。此时大部队都到毛儿盖去了，中央二队派了医生进行抢救，并派了一个连队加强警卫。

8月4日至6日，中央政治局在沙窝召开会议，重申两河口会议决议，强调党对军队的绝对领导和一、四方面军的团结。同时为了顾全大局，同意张国焘担任红军总政委，组成前敌指挥部，徐向前兼总指挥，陈昌浩兼政委，叶剑英兼参谋长。并决定把红一、四方面军混合编成右路军和左路军。在卓克基及其以南地区的第五、九、三十、三十二、三十三军归左路军，由朱德、张国焘率领，经阿坝北进；在毛儿盖地区的第一、三、四、三十军为右路军，由徐向前、陈昌浩率领，经班佑北上。中共中央和中央军委随右路军行动。王稼祥因病未参加沙窝会议，当他得知沙窝会议的决定精神，积极拥护。

病情稍有好转，王稼祥于 8 月 20 日参加了在毛儿盖举行的中央政治局会议。

会议讨论了分工问题，王稼祥负责红军政治部工作。这是他的老本行，也是他的优势。

会上，王稼祥提出了张国焘的问题：张国焘太难缠了。北上的事，在沙窝会议上中央政治局做过决定，现在他又变卦了。说到这里，他问正在低头沉思的毛泽东："刚解决了北上和南下的分歧，他又提出西进，不知他想的是啥！我看，要和他进行斗争！"

毛泽东的看法一针见血："关键在于张国焘根本不想北上陕甘。但目前以团结为重，斗争是需要的，目前开展斗争是不适宜的。目前我们应采取教育的方式，写文章，不指名，不引证。可指定专人搜集材料，研究这个问题。"毛泽东想得深远，也很策略。

毛泽东在会上做了关于夏洮战役计划的报告。他提出向北行动以后，目前存在着两个方向：一个是占领洮河流域东岸，向陕甘边发展，以创造川陕甘革命根据地；而另一个是向黄河以西的青海、新疆、宁夏发展。作为北上方针的制定者，毛泽东的观点很明确："我认为，向东是反攻，向西是退却，我们目前应横跨草地，北出陕甘"。

没有参加上次沙窝会议的王稼祥发言了，他赞同毛泽东同志提出的行动方向，认为目前战役，是一、四方面军会合后的第一次行动，这是一个决战关头。这个关头是决定红军转入反攻、转入新的形势，还是继续退却。红军向北行动以后，有两个方向，向洮河以东发展是转入反攻，向黄河以西发展是继续退却。在阐述了为什么不能向黄河以西发展而只能向黄河以东发展的理由后,王稼祥强调说:我们不应以一些困难,而轻易放弃向东发展的方针。向东发展,背后无敌。背后的少数民族,我们要争取,使之成为苏维埃运动的一个主力。但是,如果向西发展,则会缩小苏维埃运动,而且在性质上会因失去汉人广大工农群众,失去社会基础,而变为少数民族的民族革命运动。

8月26日,部队离开毛儿盖,王稼祥随三军团行动。这时周恩来也生病发烧,身体非常虚弱。周、王两人都不能走路。三军团司令员彭德怀见了,对身旁的参谋长肖劲光说:"你具体负责,组织担架队,宁可把装备丢掉一些,也要把中央领导同志抬出草地"。这话正巧被干部团团长陈赓听到,他自告奋勇地说:"组织担架队,没有队长怎么行,我来当队长。你从迫击炮连抽出几十人组成担架队,我将他们编成几个小组,轮流抬他们过草地。"

王稼祥捂着伤口躺在担架上,但他的精神很好,充满革命乐观主义精神。两天后,经过长江和黄河的分水岭时,他兴奋地说:"大家快看,这就是长江和黄河的发源地,是分水岭"。

草地无边无垠,好像没有尽头。一位担架员问王稼祥:"王主任,像这样没完没了地走,什么时候能到根据地呢?何时才能回到江西?革命到何年何月才能胜利?胜利后,社会主义、共产主义是个什么样子呢?"

看着周围同志投来疑问的目光,有着深厚的理论素养、善于做政治思想工作的王稼祥微笑地点点头,拍着这位小战士的肩膀说:"这个问题问得好!这也是大家共同关心的问题。在中国不打倒土豪劣绅,不打倒蒋介石,推翻他们的反动统治,就不能建设社会主义。因此,革命斗争是艰苦的、长期的,有时甚至须经过流血牺牲才能取得胜利。眼前,我们是苦、是累,有的同志还会牺牲自己的生命,但前途是光明的。我们一定要坚持革命立场,宁死不屈,为我们的后代造福"。

一席话帮助战士们树立起革命必胜的信心。

经过 5 天左右的艰苦跋涉,王稼祥同战士们一道走出荒无人烟的草地,到达班佑。

但这时,张国焘的分裂活动变本加厉了。9 月 3 日,张国焘致电党中央,拒绝执行中央北上的决定,擅自决定左路军 3 天内返回阿坝,要挟右路军和党中央南下。又过了 5 天,他命令徐向前、陈昌浩率右路军南下。当晚,中央即以周恩来、张闻天、博古、徐向前、陈昌浩、毛泽东、王稼祥等 7 人名义致电张国焘,要他执行北上指示。

9 月 9 日,张国焘致电陈昌浩,要分裂中央。

面对这种危急局面,毛泽东、张闻天、博古赶到正在红三军团养病的周恩来、王稼祥的住处,举行紧急会议,商量对策。党中央当机立断,决定迅速脱离险区,立即北上。

9 月 12 日,中央政治局在俄界举行扩大会议,由毛泽东报告同张国焘争论的经过和今后行动方针。

王稼祥在会上发言:"现在向南的方针走不通,只有死路。向南向北这个分歧不仅是战略方针,而是两个不同的路线,一个是布尔什维主义,一个是张国焘主义。"说到这里,他觉得有必要对四方面军的干部战士做解释工作,"除现在中央采取的方针外,我们对他们的军队,要打一些电报,解释中央的态度,中央的办法。对张国焘辈,回到党内来是困难的,但组织结论是有步骤的。"最后,他明确表态："今后行动方针,我同意毛主席的报告。"

会议做出《关于张国焘同志错误的决定》,并将北上红军改编为陕甘支队,彭德怀为司令员,林彪为副司令员,毛泽东兼政委,王稼祥为政治部主任;由毛泽东、周恩来、彭德怀、林彪、王稼祥组成五人团进行军事领导。

俄界会议后,红一方面军继续北上。9月17日,北上红军先锋部队攀登悬崖陡壁,一举突破川甘边界的天险腊子口,接着就过岷江。岷江水深流急、江面狭窄,那里住的是藏族同胞。过了岷江后,沿着洮河的右岸向甘肃的哈达铺前进。

这天,在离哈达铺25里的大草滩,毛泽东、周恩来、博古、张闻天、王稼祥等人正在休息。突然传来一阵急促的马蹄声,聂荣臻的通讯员翻身下马,给毛泽东送来一张报纸。

毛泽东看着看着露出了笑容,高兴地说："好了! 好! 我们快到陕北根据地了。"说罢,他将报纸转给其他领导人阅读。

当报纸传到王稼祥手里的时候,他一看这是一张8月间出版的天津《大公报》。上面刊登了阎锡山的话:

> 全陕北23个县几无一县不赤化,完全赤化者8县,半赤化者10余县。现在共党力量已有不用武力扩大区域威势。

看到这则消息,他心情十分兴奋,感谢这份报纸给他提供了消息。

正巧部队购买东西时,又拣到了一张7月份的《晋阳日报》,上载:"陕北刘志丹赤匪部已占领6座县城,拥有正规红军5万余人,游击队赤卫军和少先队 20 余万人,窥视晋东北,随时有东渡黄河的危险!"这就更进一步证实在陕北的确有一个比较大的苏区,这就为下一步去陕北与刘志丹、徐海东会合,做了思想准备。

9 月 22 日,中央在哈达铺的一座关帝庙里召开了一次全军团以上干部会议。毛泽东提出要到陕北,那里有刘志丹的红军。

第二天,陕甘支队由哈达铺出发,通过敌武山、漳县间的封锁线,渡过渭河,27 日到达渭县榜罗镇。王稼祥出席了在这里召开的中央政治局常委会议。会议根据最近了解到的情况,确定把中共中央和陕甘支队的落脚点放在陕北,在陕北保卫和扩大苏区。

这时,蒋介石得知红军已突破腊子口,为阻止红军进占天水威胁西安,急调胡宗南等部集中于天水一线,防止红军东进。

陕甘支队却继续北上,跨过西(安)兰(州)公路,攀登海拔 3000 米高的六盘山,冲破国民党军队的最后一道封锁线,于 10 月 19 日到达陕北的吴起镇。

至此,中央红军历时 1 年、纵横 11 省的两万五千里长征胜利结束,从而完成了艰苦卓绝的战略转移任务。拖着重伤身体的王稼祥,不仅坚持走完了两万五千里长征路,而且以一个真正共产党人的忠诚和坚定,参与指挥红军取得长征的最后胜利。

陕甘支队到达陕北后,开始了一个新的历史时期。

10 月 22 日,王稼祥出席了中共中央政治局会议,会议明确红军到达陕北苏区后的任务是保卫和扩大陕北苏区,以陕北苏区来领导全国革命。

陕北高原土地贫瘠、人民生活艰苦,加上国民党横征暴敛,人民苦不堪言。中央到达陕北后,首先遇到的就是经济问题。10 月 23

日，陕甘支队政治部发布了《关于尊重地方政府，禁止杀食耕畜和焚毁农具的命令》，这一命令，有很强的政治原则，体现了成熟的政治家的远见卓识和政治艺术，受到了陕北党组织和群众的热烈拥护。

1935年11月2日，王稼祥随陕甘支队到达陕甘边苏维埃政府所在地甘泉下寺湾，与红二十六、二十七军和徐海东领导的二十五军组成的红十五军团会师。第二天，中共中央政治局会议决定，目前对外用中共西北中央局和苏维埃西北办事处名义，成立中共中央西北军事委员会，任命毛泽东为主席，周恩来、彭德怀为副主席，成员有王稼祥和林彪、程子华、徐海东、聂洪钧、郭洪涛。

根据这次政治局会议的决定，中共中央领导人暂分两路：张闻天、博古、刘少奇等率领中共中央机关先到陕甘根据地的后方瓦窑堡；毛泽东、周恩来、彭德怀、王稼祥率红一方面军开赴前线，准备粉碎国民党军队对陕甘根据地的第三次"围剿"。

11月7日，毛泽东、周恩来、彭德怀和王稼祥到道佐辅红十五军团部，会见徐海东、程子华，讨论决定将歼敌的地点选在直罗镇，共同商定了直罗镇战役计划。

直罗镇是一个不过百户人家的小镇，三面环山，一条小路穿镇而过，它的地形有如一个口袋，正是打伏击战的好场所。直罗镇战役从11月21日红一、红十五军团发起总攻到24日结束，共歼灭国民党东北军1个师又1个团，俘敌5300余人，缴枪3500余支。这也就粉碎了敌人的第三次"围剿"，使根据地出现了一个比较稳定的新局面。

直罗镇战役后，王稼祥随红一方面军司令部于12月13日到达瓦窑堡。这时，他的伤口又发炎了，肠子穿孔，得了脓毒败血症，高烧达到40℃。这样,他不得不住进红军卫生学校附属医院。长征途中,彭真(又名龙柏)担任王稼祥的保健大夫,后来彭真在夹金山南麓的灵关牺牲,改由王斌负责王稼祥的治疗。在瓦窑堡,王斌给他做了精心治疗,王稼祥的病情得以好转。

王稼祥传

第四章　毛泽东领袖地位的拥护者

一、中共驻共产国际代表

鉴于王稼祥伤势严重,中央决定送王稼祥去苏联治伤。

1936 年 7 月 3 日,当共产国际接通与中共中央电讯联系的第二天,中共代表团当即给中共中央发来电报,询问王稼祥的健康状况。7 月 11 日,中央书记处复电:"稼祥病非开刀取出子弹,不能根本解决。"

尽管如此,王稼祥还是在保安待了 5 个月。在保安,他的窑洞同毛泽东、张闻天、博古、朱德住的窑洞相邻。对于病情,他按照医生的意见,采取了保守疗法,打针服药,但治标不治本,这样只能缓解病情。

1936 年 10 月,王稼祥赴苏联治病的时机已经成熟。毛泽东对此很关心,于 11 月 6 日致电当时在东北军中做统战工作的叶剑英和刘鼎:"祥兄拟赴沪医病,欲从毅(即张学良)得一保护证,请设法并电复,对外守密"。

11 月 25 日,中央书记处致电共产国际:"王稼祥之伤,只有赴苏医治一法,现准备经过张学良保护,先到上海,然后设法到海参崴。他参加红军 6 年之久，情形熟悉，因此同时委任他充任中国红军代表与国际接洽，并加入代表团。"

没想到去苏联的路途却几经波折。

当时到苏联去的路主要有两条：一条是从陆路到上海，再由海路到海参崴，然后沿西伯利亚铁路到莫斯科，这是王稼祥当年留学莫斯科所走的路线；一条是乘坐张学良的飞机到迪化（今乌鲁木齐），再从迪化飞往莫斯科。鉴于王稼祥的身体状况，当然是后一条路比较好，时间短，也比较安全。但此事遭到新疆省督办盛世才的拒绝。张闻天也很着急，于 11 月 20 日致电王明，希望苏联同盛世才交涉，解决飞机进入新疆问题，但仍未成功。

于是只剩下一条路：走陆路。

1936 年 12 月初，王稼祥由贺诚、邹大鹏和一名交通员护送，离开保安前往西安，准备经上海转赴苏联。

12 月 4 日，中央致电共产国际和中共代表团："此间军委及毛决请王稼祥同志为正式代表常驻你处并兼医伤。"

当王稼祥一行到达西安时，正值西安事变爆发。由于陇海线被南京方面的军队隔断而无法成行，被迫于 12 月下旬返回延安待命。1937 年 1 月中旬，王稼祥和李克农等人出发去西安，由于路途不安全又再次回到延安。2 月中旬，他又经同蒲路北上，途经石家庄到达天津，到了北方局机关。王稼祥在北方局机关停留了约一个星期，和林枫夫妇结下了深厚的友谊。

3 月 4 日，王稼祥乘船到达上海。在上海的 3 个月时间内，王稼祥利用办理出国护照、等候苏联轮船的机会，一面养伤，一面阅读大量国统区的书报杂志，了解抗日民族统一战线的形势，研究党的政策。

1937 年 6 月 16 日,在即将动身离沪赴苏治病前,王稼祥给毛泽东、张闻天、周恩来、秦邦宪写了一封长信——《关于抗日民族统一战线的政策问题给中央的建议信》,《建议信》认为应当恢复在国统区内的组织和工作。

王稼祥的建议同中央不谋而合。这期间中央在 5 月间召开党的全国代表会议,已派刘晓由延安到上海,加强上海地下党的工作。

6 月 20 日前后,王稼祥由上海出发,启程前往他曾经生活和战斗过的地方——莫斯科。

1937 年的秋天,在苏联南俄的一处疗养胜地,一个名叫张烈的中国人在此疗养。他在莫斯科的一家大医院做了手术,取出了在腹部的炸弹碎片和碎骨,出院后被送往此地。

虽然疗养院风景如画、各种设施齐全,但他根本没有心思休养,他的心早已飞到了那万里之外战火纷飞的祖国。

1937 年 7 月 7 日深夜,在北平的南大门卢沟桥附近,日本侵略军突然向驻守的中国军队发起进攻,中国军队被迫奋起还击。卢沟桥反抗日本侵略军的枪声,标志着中国人民的全民族抗战开始。

第二天,7 月 8 日,中国共产党通电全国,大声疾呼:"平津危急! 华北危急! 中华民族危急! 只有全民族实行抗战,才是我们的出路"。号召全国同胞、政府和军队团结起来,筑成抗日民族统一线的坚固长城,抵抗日寇的侵略,驱逐日寇出中国,为保卫国土流尽最后一滴血。7 月 15 日,中共代表周恩来等将《中共中央为公布国共合作宣言》交给蒋介石,强调在民族生存危急万状的现在,只有民族内部的团结,才能战胜日本帝国主义的侵略。

在全国抗日救亡运动不断高涨和共产党倡议国共合作抗战的情况下，蒋介石于 7 月 17 日在庐山发表谈话说："如果战端一开，就是地无分南北，年无分老幼，无论何人皆有守土抗战的责任，皆应抱定牺牲一切之决心"。

1937 年 8 月，国共双方达成将在陕北的红军主力改编为国民革命军第八路军，在国民党统治区若干城市设立八路军办事处和出版《新华日报》等协议。8 月 22 日，国民政府军事委员会发布将中国红军改编为国民革命军第八路军的命令。25 日，中共中央军委发布命令：中国红军改编为八路军，朱德任总指挥，彭德怀任副总指挥，叶剑英任参谋长，左权任副参谋长，任弼时任政治部主任，邓小平任政治部副主任，下辖第一一五师、第一二○师、第一二九师。第一一五师以原红一方面军的第一军团和第十五军团为主编成，师长林彪、副师长聂荣臻；第一二○师以原红二方面军为主编成，师长贺龙、副师长肖克；第一二九师以原红四方面军为主编成，师长刘伯承、副师长徐向前。全军编制 45000 多人。接着，八路军总部率各师先后出师抗日，同国民党的军队并肩杀敌。

消息传来，张烈恨不得飞回国内，疆场杀敌。他是一名战士，浴血奋战、马革裹尸是他一生最大的愿望。可他的身体实在是太糟糕了，他不得不进行休养。

这天清晨，张烈正在散步。疗养院院长让他去接电话，电话的另一端传来共产国际中国代表团团长王明的声音："稼祥同志，请你马上回莫斯科，我们召开一次代表团会议"。

"好，我马上就回来。"

原来，张烈就是王稼祥。他在此地休养已近两个月了。

到了莫斯科后,共产国际执行委员会总书记季米特洛夫接见了王明、邓发和王稼祥。他对王稼祥说:"王明和康生两个同志要回国,中国代表团需要人,要留下一个中国同志在共产国际工作。稼祥同志,我们决定留下你,你同意吗?"

王稼祥看了一下坐在身旁的邓发说:"从我个人来说,我想回国工作。代表团的工作还是让邓发同志主持吧。"

季米特洛夫郑重地说:"这个意见是我们经过研究后决定的,因为你懂俄文。至于邓发同志,决定让他去新疆工作。"

王稼祥是一个组织观念很强的人,既然组织上决定了,他马上表示愿留下来。不过,他向王明表示,在共产国际暂时代替一个短时期工作是可以的,希望王明回国后立即向中央讲明情况,他只能暂代一时,不能久留,请中央另派人来接替他。

就在王稼祥决定留在中共代表团并且逐渐进入角色的时候,国内八路军——五师取得了平型关大捷,这是中国军队自抗战以来的首次大捷。

捷报传到莫斯科,所有人都感到兴奋,王稼祥也不例外。他应《救国时报》之约,发表了《中国第八路军的胜利与抗战的光明前途》一文,刊登在该报 1937 年 9 月 30 日出版的第 162 期上。

《救国时报》社址在巴黎,是中国共产党在国外从事抗日民族统一战线宣传的机关报,吴玉章任主编。它经常刊登八路军抗战以及中共中央抗日民族统一战线政策的文章,在国外影响很大,深受欢迎。在刊登这篇文章时,《救国日报》的编辑还写了编辑志:

> 下面登载的是王家(稼)祥先生在延安的广播讲演。
> 王先生是中国共产党领导者之一,是前红军总政治部主任

及军事委员会副主席,是现今第八路军的直接领导者之一。王先生在讲演中说明第八路军胜利的原因及全国抗日自卫战争胜利的前途,关系于今天我国如何进行抗战的大计,急为登载以飨国人。

其实,这是虚晃一枪,王稼祥当时根本不在延安,也不是他的讲演稿。之所以这样说,是为了引起读者的重视。

在评价了平型关大捷的重大意义后,王稼祥谈到了战斗胜利的原因:

第八路军原来是中国人民红军,他的将领与战士,是中华民族的最好子孙,是中国工人、农民、知识分子中的优秀分子,他们之中很多是中国共产党党员与青年团团员,他们在政治上是有高度的觉悟,同时他们是英勇坚决自我牺牲精神的典范。这个军队在长期艰苦卓绝的斗争中锻炼了自己,创造了革命的先进的军队制度,上下是绝对一致的;这个军队建立了极严肃的自觉的纪律,与地方人民群众向来都是保持着最好的关系,到处得着人民的爱戴,并且是长于发动地方群众帮助和参加抗战;这个军队有共产党的领导与骨干,有其天才的领袖与天才的战略家朱德、毛泽东、彭德怀、周恩来诸同志。这一切都使这个军队有坚强的战斗力。这不是偶然的,日本强盗早已认为红军是它的死敌,而这次使用它的劲旅——板垣之第五师与另一旅——去与红军会战,而在第一次会战中立刻遭受大的失败;而中国红军——现在的中国国民革命军第八路军取得中国民族反抗侵略战斗中的第一个大胜利，这同样不是偶然的。

这篇署名"王家祥"的讲演，第一次在国外说明了平型关大捷的意义，指出胜利的原因、经过和经验教训，重要的一点在于它的结尾，强调中国的对日抗战应当成为全中国人民的抗战：

> 全中国要在各方面动员起来，抗日运动要普遍到全中国去，全国民众要组织起来，武装起来。工业要动员起来，以供给抗战前方军器的需要；农业要动员起来，以供给前方军粮的需要；交通要动员起来，以供给运输的需要；壮丁要动员起来，以供给前方人员的补充与组织新的部队；作战区域的民众更加应该动员组织起来，直接参加抗战。第八路军此次胜利中，战区民众的援助含有重要的意义。假如中国数万万人民都动员起来，在前方后方，在敌人后方，在城市，在农村，都组织起来，都参加到抗战运动中去，那么中国才能够和必然能够在长期的困难的艰苦的战争中战胜日本帝国主义侵略者。

完成了这篇颂扬平型关大捷的文章后，王稼祥全力以赴投入中国代表团的工作。

10月2日，中共驻共产国际执委会代表团举行会议。这是很重要的一次会议。王稼祥以及代表团的领导成员王明、邓发、陈潭秋、唐谷、高自立、康生都出席了。化名张烈的王稼祥在会上做了关于中国状况和党的工作的报告。

在报告中，他指出："党的路线是正确的，党内是团结的和统一的，正在顺利地实现党的政策的转变"。他的报告主要讲了以下 6 个问题：一是党的路线问题；二是西安事变的过程和我们党的立场；三是中国的状况和党在西安事变后的工作；四是关于张国焘反对中央的问题；五是中央在张国焘问题上的立场；六是党的生活、反对奸细和托洛茨基匪徒的斗争。

在报告的最后，王稼祥对党的生活问题进行了有的放矢的强调：

> 一、党内生活有很大进步，干部政策有很大的进步和成绩。二、有几千人在红军学校学习，对干部培养有很大作用。三、纠正和反对形式主义，在共产国际第七次代表大会的决议之下，肃清党内的形式主义。四、同奸细和托洛茨基匪徒的斗争还不够。五、党的总政策和反对倾向的斗争。有些地方还有宗派主义倾向，在统一战线中有一些人有解除武装的倾向。

无疑，王稼祥的报告是会议议程中分量最重的，它帮助代表团成员了解了国内情况和党的政策。

此次莫斯科之行，王稼祥还有一项重大使命：向共产国际执委会领导人、苏共领导人，特别是斯大林介绍中国革命的形势和中共党的情况。在莫斯科发生的一件事使王稼祥迫切希望见到他们。

那是他刚到莫斯科的一天，见到了原来在莫斯科中山大学的老同学王明，寒暄过后，他直接问王明："博古不懂军事，在中央苏区完全依靠李德来指挥军事，从而招致了红军的失败。而李德是共产国际派去的，按理说应该经过中国代表团同意。你同李德谈过话没有？共产国际怎样决定李德去中国的？"

面对王稼祥的责问，王明支吾其词："李德去中国，共产国际未干预，我也未同李德谈过话，李德是由苏联军事机关派去的"。

听了王明的搪塞之词，王稼祥很不满意。

看到老同学不高兴，喜欢标榜自己的王明掉转了一个话题，趁机说起自己的功劳来了："你还不知道吧，'八一宣言'是我替中共中央起草的，影响很大。我现在已是共产国际执委、书记处书记，还分工负责过拉丁美洲国家党的工作哩！"说着，他得意地笑起来。

这样喋喋不休的自我吹嘘，王稼祥听了不是滋味，更感到会见共产国际领导人和斯大林的必要性。

王稼祥先会见了季米特洛夫，介绍了中国革命的形势，包括长征的完成和抗战的开始，以及他个人对中共领导的看法。不久，季米特洛夫陪同王稼祥、王明、康生、邓发等人去克里姆林宫会见斯大林。

在斯大林办公室，季米特洛夫首先向斯大林介绍了王稼祥，并且说："他是不久前才从陕北到莫斯科来的"。

斯大林急于了解中国红军的情况，他问刚从陕北来的王稼祥："红军有多少人？"

"在陕北大约 3 万人。"王稼祥如实回答。

"不对，是 30 万。"一个声音响起。王稼祥回头一看，是王明在"纠正"他。他大为吃惊：一个共产党的领导人难道可以如此虚夸？实事求是的原则到哪里去了！

斯大林并不在意红军数量的多少，他说道："重要的是红军的每个战士都是真正的战斗员，而不是吃粮的。"随即他话锋一转，谈到同国民党合作、抗日民族统一战线的问题:"不要害怕共产党会淹没在民族解放斗争中,共产党人应该积极地参加到民族解放斗争中去"。

这次会见,给王稼祥留下了深刻的记忆。但让他恼火的是王明硬把"3万"说成是"30万",弄虚作假到了何等地步!

斯大林在这次会见中针对统一战线问题说的"不要害怕共产党会淹没在民族解放斗争中",王稼祥后来在延安做了传达,在高级干部中产生了重大影响。薄一波在1984年2月11日一次讲话中回忆:

> 记得1938年,王稼祥从苏联回来,带回斯大林的一句话,这句话给我印象很深刻,因为我当时正在跟国民党的地方实力派搞统一战线工作。这句话用得着。斯大林说:你们中国现在搞统一战线,要注意自己不要叫人家统走。要有决心到大海中游泳,但又不要把自己淹死(大意)。

在王明、康生回国前,王稼祥和他们一起去见了季米特洛夫。王稼祥亲见季米特洛夫向他们布置工作——

> 季米特洛夫谈话时,我与王明、康生都参加了。季米特洛夫对王明说:"你回中国要与中国同志关系弄好,你与国内同志不熟悉,就是他们要推你当总书记,你也不要担任。对于中国党的路线,我的印象没有听过国际说过路线不正确的话。"

> 对于张国焘的问题,记得季米特洛夫说过张国焘在中央不是一个好家伙。

王明、康生回国后,中共代表团的重担就压在王稼祥的肩上。

代表团的经常性工作,就是向共产国际执委会反映中共党内、国内的形势,介绍中共关于抗日民族统一战线的政策及所奉行的独立自主原则。用王稼祥的话说:"就是把中国党刊党报上的材料,编成俄文材料送季米特洛夫等参考。"使共产国际能够了解和支持中共的工作,提出建议让中共中央参考。

王稼祥在任期内,还做了两件好事,就是为孔原和曾涌泉的冤案平反。

孔原,曾任中共北方局书记。1935 年春夏之交离开北方,在上海中央局短期负责后,作为白区党组织的代表被派赴苏联,出席了共产国际第七次世界代表大会。在此期间,他对王明大搞个人崇拜表示不满。报复心强的王明竟给他罗织罪名,成立专门小组进行审查,随后又停止了他的一切工作、开除学籍、严重警告,并不让他回国。

孔原认为,正是在王稼祥担任中共驻共产国际代表期间,他的问题才得到公正的解决:

> 在这期间,我有机会同稼祥同志见过一次面,我向他汇报了中共代表团的情况,党内生活的不正常,以及我被错误处分的经过。稼祥同志对此言语不多,但明确表示了对我的同情关怀。经过他的调查研究和思考判断之后,很快地便通知我回国。1938 年 8 月,得以同曾涌泉、沈谷南、沈义等同志离开苏联回到新疆。如果没有稼祥同志的关怀援助,我真不知如何渡过困难。我亲自体会到稼祥同志对革命的高度原则性,对同志的满腔热情。他对同志公

道正派，敢于负责，善于调查研究，独到的思考判断能力，主持正义，不随声附和的气概，使我由衷敬佩，永志不忘。

同孔原的冤案相比，解决曾涌泉的冤案就更困难一些。

曾涌泉当时为共产国际列宁学校特别班担任翻译。他和陈潭秋控告列宁学校校长恺撒诺娃包庇两个中国托派，并在校内党小组会议上揭露这一严重事实。这让恺撒诺娃怀恨在心，利用1937年苏联肃反扩大化之机，对他进行打击报复，开除了他的工作。在当时肃反扩大化的紧张政治气氛中，曾涌泉面临着极大的压力。他要求面见校长，质问她开除的理由，恺撒诺娃自知理亏不敢见。曾涌泉又向驻共产国际的中央代表王明、康生诉冤，他们借口不了解情况，推托说这是列宁学校校长决定的，他们不便过问。

曾涌泉被逼无奈，只得横下一条心向共产国际监委会控告。监委会用一年时间做了全面认真的调查研究，收集了全部证据。王稼祥接手王明的工作后，就主动处理这起冤案。他认真研究了监委所取得的材料和曾涌泉本人提供的证明，和曾涌泉进行了谈话，了解真相。

在共产国际监委会议上，负责调查的同志根据掌握的材料，证明曾涌泉没有问题。这回轮到列宁学校校长傻眼了，她不肯承认自己的错误，煞有介事地说："曾涌泉的问题没有错。他同米夫和叶青有关系"。

米夫虽然曾是一个炙手可热的人物，但在当时肃反扩大化中被清洗；而叶青曾是托派，后来成为叛徒。在当时，只要和这两个人扯上关系，那他就永世不得翻身。

富有正义感和原则性的王稼祥，这回再也忍不住了，他据理反驳："米夫当时是共产国际东方部主任，所以中国同志回国都要经过他的，那是组织关系，不是私人关系；叶青在莫斯科学习时，是在中山大学，曾涌泉是在东大，与叶青根本就没有来往。"王稼祥的一席话，驳得对方哑口无言。至此，一切真相大白。

最后，和台尔曼并肩作战的老党员、共产国际监委主席弗洛林宣布："所有事实都证明曾涌泉没有问题。曾涌泉同志可以回国。"曾涌泉激动得热泪盈眶。

王稼祥在莫斯科工作了三四个月后，他的老战友任弼时于1938年3月底来到了莫斯科。

任弼时此行任务有二：一是向共产国际说明中国抗战情况和国共两党关系，肃清王明右倾投降主义的影响；二是在王明、康生回国前，斯大林接见了王明、康生、王稼祥3人，曾经表示过苏联愿意援助大炮等武器，任弼时此行也是请求苏联政府给八路军以武器援助。

在1938年4月14日召开的共产国际主席团会议上，任弼时代表中共中央做了《中国抗日战争的形势与中国共产党的工作和任务》的书面报告。王稼祥在讨论这个报告时发言指出，中国共产党倡导的抗日民族统一战线是中国革命的第二次统一战线，它同第一次统一战线的不同点，即是同国民党第一次合作破裂后的第二次合作，而且国共两党现在都有武装。

6月11日，共产国际执委会主席团通过了两个文件，分别为《共产国际执委会主席团关于中共代表报告的决议案》和《共产国际执委会主席团的决定》。两个文件各有侧重，前者是内部的，后者是公开的。

《决议案》指出:

> 共产国际执委会主席团在听了关于中国共产党的活
> 动的报告以后,认为中国共产党的政治路线是正确的。中
> 国共产党在复杂和困难条件之下,灵活地转到抗日民族统
> 一战线的政策之结果,已建立起国共两党新的合作,团结
> 起民族的力量,去反对日本的侵略。

《决定》指出:

> 共产国际执委会主席团声明完全同意中国共产党的
> 政治路线,并声明共产国际与中华民族反对日本侵略者的
> 解放斗争是团结一致的。

让王稼祥和任弼时感到高兴的是,这两个文件都充分肯定了中
国共产党的政治路线,明确支持和声援中国人民全民族的抗日战
争。这对中国共产党是莫大的支持。

二、传达共产国际指示

任弼时到了莫斯科,王稼祥回国有了可能。经过慎重考虑,他
提出了回国工作的请求。中共中央复电批准了。这样,王稼祥就将
自己的工作移交给任弼时。

1938年7月初,王稼祥准备动身回国前夕,季米特洛夫找王稼
祥和任弼时谈话,明确表示应该支持毛泽东同志为中国共产党的领
导人。王稼祥对此回忆道:

在我要走的那一次，他向我和任弼时同志说了一番语重心长的话。

他说：应该告诉大家，应该支持毛泽东同志为中共领导人，他是在实际斗争中锻炼出来的。其他人如王明，不要再去竞争当领导人了。

至于谈到任弼时当时提出的给八路军以苏联援助的问题，他就说，在现在的形势下由苏联单独援助武器给八路军是真正帮忙，还是帮了倒忙呢？言外之意，假若苏联直接援助八路军，则国民党政府会发生重大的变化。这样一来是得不偿失。但是他答应了给中共以财政援助。

究竟共产国际给了中共多少财政援助呢？答案是：30万美元。请看王稼祥的回忆：

季米特洛夫谈到援助时：共产国际从它的外汇中拨出30万美元送给中国共产党。并问我手续办好了没有？我说由我亲自带回去。

他说：至于给八路军以武器援助，这要苏联政府决定，不过照他的看法，假若援助了，这可能不是帮助了你们，而是害了你们。

1938年7月上旬，王稼祥由莫斯科乘飞机回国。当时是利用苏联援华所设的由新疆经兰州到西安的交通线，拿了新疆督办盛世才秘书的公开护照，由新疆飞抵兰州。准备由兰州到西安，再到延安。

到了兰州，王稼祥等遇到了意外事件。

由于兰州到西安没有航空线，只有地上的交通线，王稼祥只好乘苏联的汽车由兰州赴西安。因为天气特别炎热，苏联人坚持晚上走，王稼祥开始不同意，但苏联人固执己见，王稼祥被迫同意了。不料，在离兰州50公里榆中县金家崖遭土匪伏劫，苏联驾驶员被击伤。值得庆幸的是，王稼祥本人没有受伤，随身带的行李完整无缺。

王稼祥一行只好重返兰州，住在八路军驻兰州办事处。这次兰州办事处郑重其事，派4个警卫员一路护送王稼祥到西安，住在七贤庄八路军西安办事处。

可是祸不单行。当王稼祥和一批由莫斯科回国的同志从西安到延安途经三十里铺时，发生了翻车事故。

当天上午9时左右，天正下雨，王稼祥一行出发了。由于路上较滑，司机不慎，从山上向下坡开行的时候，因速度太快，当即翻滑下去。王稼祥和司机头部负了轻伤，但其余人无伤亡。大家都说，这是"不幸中的幸事"。

中央军委参谋长滕代远闻讯，立即派人将王稼祥等人接到延安。王稼祥担任中央军委副主席及总政治部主任。

一到延安，中共中央就于9月14日至27日召开政治局会议。这次会议是为召开中共六届六中全会做准备的。

会议的第一天，先由王稼祥传达共产国际的指示和季米特洛夫的意见。这个报告，收入《王稼祥选集》，分为5个部分，鉴于这个报告无可比拟的重要性，现摘抄其中的第一、第五部分。

第一部分为共产国际对中共党的路线的估计：

> 根据国际讨论时季米特洛夫的发言，认为中共一年来
> 建立了抗日统一战线，尤其是朱、毛等领导了八路军执行

党的新政策,国际认为中共的政治路线是正确的,中共在复杂的环境及困难条件下真正运用了马列主义。

第五部分为关于党内团结问题:

在季米特洛夫与我谈话中有下列各点:

(1)今天中共在全国取得公开存在,在群众中有很大的威信,党在公开活动中是可能影响国民党的。

(2)今天日寇特别要很巧妙地挑拨破坏党内的团结,如制造什么周恩来与毛泽东的冲突等。

(3)今天的环境中,中共主要负责人很难在一块,因此更容易发生问题。

在领导机关中要在毛泽东为首的领导下解决,领导机关中要有亲密团结的空气。

在我临走时他特别嘱咐,要中共团结才能建立信仰。在中国,抗日统一战线是中国人民抗日的关键,而中共的团结又是统一战线的关键。统一战线的胜利是靠党的一致与领导者间的团结。这是季米特洛夫临别时的赠言。

王稼祥传达的共产国际指示极为重要:第一是肯定了"中共中央的政治路线是正确的",第二是肯定了中共中央的领导机关要以"毛泽东为首"。这就从根本上剥夺了王明以共产国际的"钦差大臣"自居、不断对中共中央的政治路线说三道四的资本,为六中全会的胜利召开扫除了障碍。

1938年9月29日至11月6日,在中国共产党历史上具有重大意义的六届六中全会,在延安桥儿沟天主堂召开。这是1928年六大以来人数最多的一次中央全会。

　　会议第一天，毛泽东、王稼祥、王明、康生、周恩来、朱德、彭德怀、博古、刘少奇、陈云、项英、张闻天被选举为全会主席团成员。王稼祥还担任大会秘书长。

　　这次会议的议程为：一、张闻天致开幕词；二、王稼祥传达共产国际指示；三、毛泽东做政治报告。

　　王稼祥在会上再一次做了《国际指示报告》，随后毛泽东也做了政治报告。

　　毛泽东在报告中充分肯定了共产国际指示的作用，并提出全党要团结，"团结的要点是政治上的一致。此会上一切主要问题无不是一致的，这就保证了全党的团结"。

　　至于王明本人，毛泽东采取温和的同志式的帮助态度，希望他能改正错误。他说："王明在部分问题中说的有些不足或过多一点，这是在发言中难免的。这些问题已弄清楚了。王明在党的历史上有大功，对统一战线的提出有大的努力，工作甚积极，他是主要的负责同志之一，我们应原谅之。"

　　毛泽东对历史上处理干部问题也提出了看法，表明了他的观点：

　　　　对肖劲光公审和开除党籍，是"岂有此理"；对瞿秋白、何叔衡等处罚"皆不妥当"；对周以栗、余泽鸿在政治上、组织上的打击是不对的，对邓小平的打击"亦应取消"；对陈毅、曾山、张鼎丞等所受的批评、处罚"皆应取消"；罗明路线除个别人外，被处罚者应"宣告无罪"；四方面军犯过错误的同志应与张国焘有区别；博古、罗迈只要承认错误，

"则无问题"。

会上，康生、陈云等明确提议，应当推举毛泽东为中共中央总书记。彭德怀在会上的发言中说："领袖是长期斗争经验总结的，是长期斗争中产生的。毛泽东的领导地位是由正确的领导取得的。"王明意识到自己大势已去，不得不急忙使顺风舵，在会上信誓旦旦地表示：今后要像众星拱月那样拱卫在毛泽东同志的周围。

会议通过了《中共扩大的六中全会政治决议案》，批准了以毛泽东为代表的中央政治局的政治路线，克服了王明右倾错误对党的工作的干扰。全会确定把党的主要工作方面放在战区和敌后。

当全会通过了党规党纪的文件后，刘少奇向全会提出："中央政治局及书记处的名单照旧，俟七大时再重新选举"。会议通过了这项提议。最后，王稼祥致闭幕词，宣布六届六中全会胜利闭幕，闭幕词只有200多字，简练、明确，这在党的历史上是少见的：

> 同志们！中共六次扩大的中央全会开了一个多月的会议，现在结束了。这次得到了大的成绩，大的进步。大会中所估计所想的问题，在大会结束时已变成了事实。此次会表示我们已掌握马列主义，以之分析具体的复杂的环境，定出正确的政策和方针。此次大会在党史中占重要地位，总结了过去的经验，定出了工作，将会完成光荣的任务。此次会在中华民族史上亦有重大的意义，推动抗日战争走向最后胜利。
>
> 此次会是胜利的完成的！
>
> 扩大的六中全会万岁！

英勇奋斗的中共万岁！

中华民族解放万岁！

王稼祥对六届六中全会的召开，做出了重大贡献。他在会上传达了共产国际的指示，在中共党内具有深远的历史影响。

毛泽东在七大关于选举问题的讲话中提到：

六中全会是决定中国之命运的。六中全会以前虽然有些著作，如《论持久战》，但是如果没有共产国际指示，六中全会还是很难解决问题的。共产国际指示就是王稼祥同志从苏联养病回国带回来的，由王稼祥同志传达的。

胡耀邦在 1985 年 4 月 11 日的一次讲话还专门提到了这个问题。

30 年代中期以前我们党内有种不好的做法，就是党内争论、吵架吵得不可开交的时候，就去找共产国际打官司。这样一直搞到 1938 年王稼祥同志回来之后，情况才有了变化，因为那时斯大林说了中国共产党还是要以毛泽东同志为首。

陆定一在出版的《陆定一文集》自序中说道：反对王明路线的斗争，从遵义会议算起，全部过程有 10 年之久。王稼祥从苏联回延安，带回共产国际指示，"这样，就把王明路线所以能够存在的第一原因——共产国际的支持取消掉了"。

李维汉在《回忆与研究》中说："季米特洛夫的话在会上起了很大作用，从此以后，我们党就进一步明确了毛泽东的领导地位，解决了党的统一领导问题。"

三、和朱仲丽结婚

六届六中全会闭幕那天,中央举行会餐。会餐结束后,毛泽东、王稼祥并肩走出餐厅,迎面走来一位俊俏的姑娘。

毛泽东一见,笑着说:"哟,这不是八妹子吗？真是越来越漂亮了!"毛泽东对身旁的王稼祥说:"来,稼祥同志,你们认识一下。"他又指指姑娘:"这是我的小老乡朱仲丽同志,她是我们的保健医生,边区医院的外科大夫,我们这些人都归她管。"说着,他又意味深长地看了王稼祥一眼:"你以后要和她多打交道哟!"

听了毛泽东的介绍,王稼祥热情而有礼貌地同朱仲丽握手。朱仲丽抢先问候:"首长,您好!"王稼祥也热情地说:"哦,我叫王稼祥,认识你很高兴,小朱同志!"

这是他俩的第一次相识。

王稼祥回国后,已过了而立之年,却还是孑然一身,战友们不免关心起他的终身大事来。延安不乏从全国各地拥来的优秀女性,战友们曾先后为他介绍过几位,他或者因为工作繁忙无暇顾及,或者因为不合适,都没有谈。同朱仲丽的初次见面,则给他留下了深刻的印象。面对这位白皙秀丽、仪态文静的姑娘,他的心底涌起多年未曾涌动过的春潮。

王稼祥一见钟情。当然,了解她的家庭、经历也易如反掌。朱仲丽是湖南长沙人,1915 年生。父亲朱剑凡早年留学日本,是近代著名教育家、爱国主义者和革命家。1904 年,他"毁家兴学",用自己的数十万全部家产,在自家园林内创办了一所近代女子学校——周氏家塾,辛亥革命后改为周南女校,为这所学校倾注了自己的无数心血。从五四运动到大革命期间,他同毛泽东、蔡和森、何叔衡、徐特立、谢觉哉、李维汉、郭亮、熊瑾汀、王震等一起从事过革命工作,并由此结识了董必武、刘少奇、吴玉章、林伯渠、李立三、聂荣臻、肖劲光等。向警予、杨开慧、蔡畅、丁玲等人都曾是他周南女校的学生。朱剑凡的8个子女都先后参加了革命。其中,大女儿朱仲芷嫁给了当时著名的红军将领肖劲光。

朱仲丽是家中最小的一个,聪明伶俐,活泼异常,在家被称作"八妹子"。1929年,朱剑凡在上海开设小酒店,为党传递情报。作为党内一个重要的秘密联络点,机灵的八妹子开始帮助她父亲做地下工作。那时她才15岁。1932年,她考入上海同德医学院。后因掩护亲属做党的地下工作,被国民党逮捕入狱。法庭上她推说什么也不知道,敌人也未抓到任何证据,最后被交保释放。后来她又转入上海东南医学院,于1936年毕业,到南京中央医院工作。抗战爆发后,她向往革命圣地延安,于1937年年底到达边区,任延安边区医院外科医生,并光荣地加入中国共产党。

了解了朱仲丽的身世,王稼祥更增加了对她的爱慕之心。但他是一个深沉的人,决定通过她的姐夫肖劲光对朱仲丽做一次试探。

秋天到了,延安山坡上的果树挂满果实,收获的季节也到了。深秋的一天,八路军留守兵团司令员肖劲光突然收到通信员送来的王稼祥的便条。看过后,肖劲光找到朱仲丽,递给她这张便条。

便条很短,上面是总政治部主任王稼祥的手迹:

　　劲光同志:请你调给我两匹小蒙古马。此外,如果可以的话，请带你的姨妹子到我处一玩。

朱仲丽扫了几眼，便看懂了内容。这时肖劲光试探着问："姨妹子，总政治部的王主任，你知道吗？他请你到他那儿去玩，你可以去吗？"肖劲光熟悉朱仲丽的个性：坦率热情、大大方方，不担心她承受不住、缄默不语。

"好哇，都是革命同志，去玩玩有什么不可以。"朱仲丽爽快地答应了。其实，在延安，她因为工作关系以及湖南老乡中前辈的关系，同中共高级干部有所接触，常常听到他们对王稼祥一鳞半爪的评价；也知道在六中全会期间，王稼祥担任大会秘书长并传达共产国际指示，对大会的召开起了重要作用。因此她对王稼祥的人品、才华、为人，都有所了解，并有仰慕之情。

朱仲丽在大姐朱仲芷的陪同下来到王家坪总政治部看望王稼祥。但是很不凑巧，刚落座，就不断有人来谈问题、请示工作；朱仲丽只好告辞，王稼祥非常抱歉地请她们下次再来。以后朱仲丽又陆续来过几次。从此，延安窑洞前、宝塔山下就留下了他们的身影……

他们每次见面都谈得很投机，彼此有共同的兴趣和爱好，有时对弈下棋，有时去山下的简易球场打网球。在交谈中，朱仲丽讲起自己的家庭、身世、经历和个人的抱负。她非常热爱自己的职业，认为用手术刀为救死扶伤是一项崇高的职业。朱仲丽坦率、诚恳、爽快而又非常热情，既有革命理想又有不凡气质，使王稼祥爱慕。王稼祥也向朱仲丽谈了自己的家庭情况，特别是不幸的婚姻，朱仲丽除了理解之外还加了一份同情。

在认识朱仲丽之前，王稼祥曾有过两次婚姻。第一次是在

1925 年，当时 18 岁的他遵从了父母之命，与家乡一位比他大两岁的查瑞香结婚，查瑞香因为精神抑郁，产子之后得病离世。第二次是在 1928 年，21 岁的王稼祥留学莫斯科期间，与一位苏联姑娘结合，仅仅一年的时间，两人因为感情不合而分开。

王稼祥下决心找个机会和朱仲丽坦率地谈一谈，他要当面得到许诺，才能允许自己跨过比同志更进一层的关系。

1939 年年初的一天，朱仲丽来到王稼祥住的窑洞。屋里正生着火，温暖如春。

一见面，王稼祥就说："真快呀，新年来了，一转眼到了 1939 年了。你到党校学习忙吗？ 身体吃得住吗？"

朱仲丽抑制不住内心的激动，说："最近党委批准我转正了，我成为正式党员了！"

"啊！ 好，恭喜你！"王稼祥由衷地感到高兴。

"我还要继续努力！"

"你要珍惜在党校这段学习时间，加强自己的修养。"王稼祥叮嘱道。

窗外月色溶溶，窗内炉火通红。他们谈着谈着，忘记了腹中饥饿。时而伸手烤火，时而眼光相碰，千言万语都在不言中。在互相会心的微笑中，王稼祥握住朱仲丽一双手。他们沉浸在爱的幸福中。

"我们什么时候结婚？"王稼祥突然打破了沉默。

"为什么这么快呢？"朱仲丽温顺地反问，看得出她对此是不反对的。

王稼祥的手立刻松下来，兴奋的神情也松弛下来，欣慰地说：

"好极了！只要你同意和我结婚，什么时候都可以的。"他站起来，走到办公桌边，一页页地翻着台历，然后征求朱仲丽的意见，"选在正月十五这天，这是农历的元宵佳节，我们在这一天结婚好吗？"

朱仲丽报以含羞的微笑。

王稼祥走过来说："沉默就是同意。你不作声，那就是不反对。"

朱仲丽幸福地点点头。

就这样，王稼祥和朱仲丽向中央打了结婚报告，很快得到批准。算起来，王稼祥和朱仲丽从相识、相爱到结为伉俪，也不过3个多月时间，战争以它独特的力量简化了一切可以简化的程序。

1939年3月5日，这天正好是元宵节，又是星期天，阳光明媚。王稼祥请大师傅老陈准备了两桌饭菜——四菜一汤。在延安的中央领导都来向他们贺喜。在道喜的客人中，毛泽东显得特别高兴。他笑着对朱仲丽说："当年在长沙，第一次见你，还是小娃娃呀。真快，现在当新娘子了呀！"

事实证明，王稼祥的选择是正确的。几十年来，他们夫妻相濡以沫，患难与共。毛泽东对朱仲丽说："你们是一对模范夫妻，你能把他因战争期间受伤的瘦弱身子照顾得如此健康，他能为党做很多工作，这有你的一半功劳。"20多年间，王稼祥曾几次被批判、批斗和"软禁"，他和妻子朱仲丽始终彼此照应，相互安慰和鼓励，不向邪恶屈服，不被黑暗迷途，始终同舟共济、携手并进，是一对爱党、爱国、爱家的贤伉俪和革命伴侣。

第五章　宝塔山下的马克思主义者

一、笔耕不辍

延安。

1937 年以后,中共中央和中央军委的领导机关以及陕甘宁边区政府都陆续集中在这里了,延安成了著名的抗战圣地。大批的革命青年知识分子和文化人都被吸引到了这里。宝塔山下,延河之滨,充满了蓬勃的革命朝气。

六中全会后,王稼祥担任中央军委副主席、总政治部主任、中央华北华中工作委员会主任,肩上的担子更重了。

胡耀邦在《深切地怀念王稼祥同志》中提道:

> 1938 年后的一个时期,稼祥同志是我党中央领导核心的成员之一。他继续担任总政治部主任,还兼任华北、华中工作委员会主任之职,协助毛泽东同志处理了大量有关党、军队和抗日根据地的重大事务,提出过不少重要创见,为中央起草和参与起草了许多决策性文件。

1937 年 8 月,中央政治局扩大会议决定,中央军委的成员为 11

人,毛泽东为主席,周恩来、朱德、王稼祥为副主席。几位副主席中,周恩来常驻南方局工作,朱德经常来往于八路军前方和延安,只有王稼祥常驻延安,协助毛泽东主持军委的日常工作。从六中全会到1943年7月,以毛(泽东)、王(稼祥),或毛、朱(德)、王(稼祥)联名签署给八路军、新四军和各抗日根据地的指示文电达数百件。仅《毛泽东年谱》记载,从六中全会闭幕到1938年年底的40多天内,毛泽东等发出的指示文电,王稼祥参与署名的就有10件。

总政治部主任职务,1937年8月起由任弼时担任;任弼时去苏联后,由毛泽东兼代;王稼祥回延安时,又担任了这个职务。当时,总政的阵容非常强大,副主任为傅钟、谭政,秘书长为王若飞。

中央军委的所在地为王家坪,这里同时也是八路军总部的所在地。王家坪原名牡丹坪,因历史上盛产牡丹而得名。后来有一个名叫王兴仁的人买下了这块地方,改称王家坪。从这里向西约3公里就是杨家岭。1938年11月20日,日本飞机轰炸延安,当晚毛泽东等领导人就由城内凤凰山麓迁到这里。

王家坪背靠花豹山,中间由北向南有条小沟。沟西是军委总部驻地,有军委会议室,参谋长滕代远常驻这里;沟东则是总政治部驻地,有军委大礼堂,中间有一片桃林。王稼祥工作和居住的窑洞则在半山腰上,窑洞一半嵌入石头山里,洞口朝着桃林和延河。离他住处一二十米有一口石头窑洞,由机要秘书唐彬居住(后由史坚住),还有几间平房,除了一间用作伙房外,其余存放图书资料,负责图书资料的王子野住在那里。

走进王稼祥的窑洞,可以看到一共有两个房间,一间为办公室,一间为卧室。在王稼祥的那张大办公桌上,堆放了一沓沓的文件、电报、报刊书籍和文具用品,还有 3 部电话机。这 3 部电话机中,有一部直通杨家岭毛泽东,一部直通留守兵团司令肖劲光。每天,唐彬几乎不分昼夜地连续到这里来汇报请示或者送电文要求批阅。通常情况下,王稼祥都果断做出答复,或者提出意见后送毛泽东阅批。经常到他办公室交谈或请示工作的,除谭政和总政各工作部门的负责干部外,还有郭化若(军委一局局长)、罗瑞卿(抗大副校长)、肖劲光(留守兵团司令员)等。王子野则不时给他送报刊和图书资料。

在主持总政治部工作期间,王稼祥有两件事值得一提:创办《八路军军政杂志》和组建战地工作考察团。

1939 年 1 月,《军政杂志》创刊。该刊以八路军总政治部的名义编辑出版,读者以军队营以上军政领导干部为主。军委主席毛泽东为杂志写了《发刊词》,指出《军政杂志》的任务和目的是发扬成绩、纠正错误,提高八路军的战斗力,同时把八路军的经验贡献给抗日人民、抗战友军,使抗日的政治动员经常化。王稼祥在创刊号上发表了题为《论目前战局和敌后抗战的几个问题》的长篇论文。

为了办好杂志,成立了一个高规格的编辑委员会,毛泽东、王稼祥、肖劲光、郭化若、肖向荣为编委,肖向荣兼任主编。为保证稿件来源,王稼祥以八路军总政治部名义,从抗大挑选了学员 18 人,组成前线记者团,奔赴晋察冀、晋西北、晋东南根据地和山东抗日前线采访新闻。这个杂志一直到 1942 年 3 月才停刊。

中央军委战地考察团于 1939 年 1 月组成。考察团的主要任务是考察各部队的工作,收集经验,协同各级机关整训部队,训练下级干部,巩固党的领导,提高部队战术基础;其次是了解华北各地工作情况,帮助部队及地方建立前后方联系。总政治部组织部部长方强任团长,从军委直属机关、留守兵团、抗大、鲁艺、陕公、马列学院等单位抽调 60 多人为考察团成员。考察团 1939 年 3 月从延安出发,1940 年 7 月回到延安,历时 1 年半。考察团先后到晋西北、晋察冀、冀中深入各部队考察,并具体组织实施对山西新军的整编整训。他们带回了华北前线部队丰富的军事、政治工作材料和经验教训,为中央军委决策提供参考。

团长方强认为,王稼祥对战地工作考察团起了巨大作用:

> 回顾军委战地工作考察团之所以能做出一些成绩,固然是考察团的同志们上下齐心,紧密团结,最大限度地发挥了每个人的主观能动作用的结果,是地方党与部队大力支持与协作的结果,是上级领导正确的结果,但与稼祥同志从中擘画运筹是分不开的。那时他身兼军委副主席、总政治部主任两个重要领导职务,参与中央核心领导,协助毛泽东同志主持军委日常工作。从考察团的组建与考察工作的具体进行,以至考察工作总结,考察成果的应用,自始至终都是在他直接领导下进行的。仅从现在我个人搜集到的他及他和毛泽东同志或和谭政同志联名签发给考察团的文电就有 11 件之多。这些文电的内容,有对考察团行止日期的安排,有一般工作原则和工作方针,有政策和策略,有方法步骤和应注意的问题,详细清楚地记录着稼祥同志是如何及时、正确而又非常具体地指导着考察团的活动和工作。

除此之外，王稼祥还担任总政治部党务委员会主席。

王稼祥对战斗在他家乡土地上的新四军非常重视，提出过许多重要的建议，为新四军的发展壮大做出了贡献。值得一提的是，王稼祥 1940 年 1 月 29 日为中央起草了关于新四军的发展方针，这个文件，已经收入《王稼祥选集》，现全文引述如下：

一、新四军向北发展的方针，六中全会早已共同确定，后来周恩来到新四军时，又商得"向南巩固，向东作战，向北发展"的一致意见。华中是我们目前在全国最好发展的区域，在华中可以发展（彭雪枫部由 3 连人发展到 12 个团，李先念部几百人发展到 9000 人），而大江以南新四军受到友军 10 余师的威胁和限制的时候，我们曾主张从江南再调 1 个到 2 个团来江北，以便大大地发展华中力量。

二、今后全国形势的发展，即使全国发生大事变后，新四军能够向南发展，向皖浙赣大活动，抑或应过江向北，要看今后的形势来决定。假如全国"剿共"，则我们可以向南，假若前途是国共划界而治，则我们不宜大举向南，而宜向北，以求与蒋隔江而治。所以新四军的退路有二，一为皖北、苏北，一为皖浙赣闽交界地区。现在两条退路都要准备，但最后采取哪一条路要到那时才能决定。

三、在全国未公开投降以前，即现在的抗日反共局面继续下去的形势下面，新四军大江南北部队，应在现地区力求发展。发展当然会引起摩擦，但只有发展力量，给摩擦者以反打击，给武装进攻者以反攻，才能巩固自己，坚持阵地和克服投降危险。反摩擦就是反对反共派投降派的斗争。这种斗争并不促进分裂而是延迟分裂、阻止分裂、延迟投降、克服投降的有效办法。如不斗争,不足以巩固统一团结和坚持抗战。

四、皖南既不能再调部队过江到皖北,我们同意不再调。新四军在皖南、江南力求扩大的计划,我们完全同意。由江南抽兵到皖南,请考虑,因为我们觉得似乎皖南发展较难,江南发展较易,江南陈毅同志处应努力向苏北发展。

五、同意四、五支队归中原局指挥,但在苏北扬州一带的部队,则仍归项英、陈毅同志指挥。

以后的事实证明,中央制定的方针是多么正确!

总结皖南事变中新四军失败的历史教训和面临的严重形势,直接引起了中央对党性问题的高度重视。不久,王稼祥为中央主持起草的《中央关于增强党性的决定》,经中央政治局会议通过。《决定》要求共产党员加强党性锻炼:

中国共产党经过 20 年的革命锻炼,现在已经成为全国政治生活中的重要的决定的因素,然而放在我们面前的仍然是伟大而艰难的革命事业。这样,就要求我们的党更进一步地成为思想上、政治上、组织上完全巩固的布尔什维克的党,要求全党党员和党的各个组成部分都在统一意志、统一行动和统一纪律下面,团结起来,成为有组织的整体。没有这样坚强的统一的集中的党,便不能应付革命过程中长期残酷复杂的斗争,便不能实现我们所担负的伟大历史任务。因此今天巩固党的主要工作是要求全党党员,尤其是党员干部,更加增加自己党性的锻炼,把个人利益服从于全党的利益,把个别党的组成部分的利益服从于全党的利益,使全党能够团结得像一个人一样。

这是一个加强党的建设、提高党的战斗力的重要文献,成为我们党的一份宝贵的精神财富。

延安时的王稼祥,身兼数职,日理万机,协助毛泽东处理重大问题。那么,战友眼中的王稼祥是什么样子的呢?让我们通过他的几位战友写的怀念文章来看一看。

当年的三五九旅旅长王震,深情地回忆道:

> 稼祥同志长我两岁,我们在工作上是上下级关系,但在日常交往上完全是兄弟式的同志关系。他俨然像个兄长,关怀着部属的生活、身体等情况。一次,我到他住的王家坪汇报工作,当他知道我胃肠有"故障"后,便急忙问我大便是什么颜色?我说黑色。他的夫人、延安边区医院大夫朱仲丽同志说,可能是隐血,并当即给我检查。稼祥同志知道我爱吃辣椒,问我是不是还在吃?我说还在吃。他和朱仲丽同志再三叮嘱我说:"不能再吃了,等胃肠好了再吃。"他留我在他那里吃饭,并拿出他自己吃的烤馒头片让我吃,说这像饼干一样,有助胃肠的消化。他还嘱咐我说:"你回去也烤一些。"过了几天,我们又见面了,他问我吃没吃烤馒头片?我说没吃,他严肃地说:"你不要满不在乎,闹成溃疡,胃肠大出血就危险了!"从馒头片这个小事例可以看出,稼祥同志作为我党我军的一位高级领导人,对同

志的关心、爱护是很周到的。

稼祥同志更注意从政治上、思想上关心爱护同志。在延安那时期，他多次鼓励我要加强对马列主义理论的学习，安排我们去听王学文、何思敬和理论界其他著名人士讲授的哲学、政治经济学等课程。他要我下功夫多读点书。他说，胡耀邦同志（当时在总政治部任组织部长）就很注意勤奋学习，博览群书，肯下功夫钻研问题。这些嘱咐警戒着我，使我在学习方面不敢懈怠。现在回想起来，当年在陕甘宁边区，我们一面整风，一面御敌，又开展大生产运动，尽管时间紧，任务又繁重，但在党中央和毛主席的号召下也确实读了一些书，这同稼祥同志的鼓励、督促是分不开的。

曾涌泉，在共产国际当过翻译，王稼祥曾处理过他的冤案，他回国后，在军委担任编译处处长。谈起老首长王稼祥，他的话滔滔不绝：

他具有真才实学，水平很高，原则性很强，坚持真理，刚直不阿。他很有能力，他的领导工作比较具体，也有办法。他自信心强，魅力大。一个领导干部要有魅力才能做出事情来。他干起事情来，行动很快，效率很高，雷厉风行，干净利落，没有拖泥带水，疲疲沓沓，毫不积压。凡是向他请示的事情，他都及时答复，而且很具体，很能解决问题。

王稼祥同志领导作风上有个特点，就是抓大事，抓重要的事,有布置、有检查,并认真处理检查结果,总结经验来推动工作。我举一个例子:1941 年,王稼祥同志检查军委四局(教育局)的工作,由于那个局长工作没有抓起来,检查结果,证明局长失职。那个局长是一个老干部,是个好同志,但是他没有把工作抓起来,因而就把他撤换了,把四局改组,出现了新局面。他这样严格处理,我有点感到好像是诸葛亮挥泪斩马谡那样的味道,但是他对被撤换的局长也还是很爱护的。

王稼祥同志领导作风的另一个特点,就是在一般号召之后还要采取具体措施并进行检查,以推动工作。例如,1942 年,毛主席亲自发动和领导了整风运动,这是件大事,稼祥同志那时患病,身体很不好,可是,他抓得很紧,带病做动员报告。整风开始阶段是精读文件,写心得,对照文件写反省笔记。这些是动员之后的具体措施。他把军委各个部门第一把手的笔记统统收去,由他亲自检查并写上批语,这样就把各部门第一把手抓住了,推动了各部门整风学习,效果很好。

稼祥同志对工作要求很严格,他对自己要求很严,对部属的要求也很严。我亲身感到在他领导下工作是很愉快的,是严而乐。因为他对工作严,严能推动工作,工作就有成绩,有发展,有进步。王稼祥同志这种严格的领导作风,现在我们在社会主义现代化建设中是很需要的。

当时担任中央军委直属政治部副主任的邓飞则回忆起王稼祥对"精兵简政"的贡献:

1941 年 12 月 2 日，陕甘宁边区首先实行了精兵简政。按照中央要求，边区一级各机关应减去人员（包括干部和勤杂人员）四分之一至三分之一。为了实施中央这一重大的决策，稼祥同志不仅多次对全军做出贯彻执行的指示，及时了解进展情况，进行督促检查，而且亲自主持召开军委直属机关精兵简政的会议。他在各机关、单位负责干部会议上讲话，要求各单位参照边区政府精减人员的计划和具体实施办法。在稼祥同志的直接领导下，军委直属机关精兵简政工作的速度很快，只用很短时间，就达到了中央提出的要求，压缩了机关、后勤人员，充实了战斗人员。被精减的同志都得到了妥善的安排和使用，感到很满意。

　　邓飞还谈到王稼祥讲了一个令人值得深思的问题——钱的作用：

　　他说，钱这个东西，要辩证地对待，既可爱又可恨。有了钱可以买到东西，我们的生活会过得好一点，没有钱就办不成事。从这点上讲，钱是可爱的。但钱要从正道上来，要通过自己的辛勤劳动来获得。如果违法乱纪，搞歪门邪道，甚至贪污得到的钱，那不但不可爱，而且是可恨了。不劳而获的钱是罪恶的钱。这样的人，就会犯大错误，害了人民，也害了自己。

　　时任陕甘宁等 5 省联防军司令部保卫部长的钱益民，回忆起王稼祥对保卫工作的 6 条意见：要打掉中央苏区保卫局工作中的神秘观点，捕风捉影，主观臆断，苏联格别乌那一套；保卫部门要有社会常识,或者说社会知识;要结合军事工作去做保卫工作,防止敌人对部队的破坏;要在党的领导下做好保卫工作;要执行政策;要注意界限,不要扩大保卫部门的工作范围。在实际接触中,他感到王主任以身作则的实际事例很多,确实是教育后代的好材料:

> 他在延安,一不打麻将,二不跳舞,三不打扑克。他的精力用在工作上,学习上。他上厕所,手里也拿本书在看。他看报纸,有时把报纸拿在手上,对我们说,你们知道了这个消息没有?督促我们好好看书看报。

> 他对党中央很尊重,维护党中央的统一领导。他说得到,也做得到。有一次,有位领导干部对毛主席说了一些吹捧性的恭维话。王主任说,毛主席的功劳大,你究竟是真的拥护,还是假的拥护。他对延安的抢救运动是不同意的。当时发生过 7 人跳城墙,2 人身亡的事件。他一再说,不能那么搞,并且请李富春同志出面,在杨家岭大礼堂作报告,解释党的政策,安定人心。

张志于 1941 年秋由总政治部组织部分配给王稼祥做警卫员,一直到 1946 年王稼祥去苏联治疗,做了 4 年的警卫工作。40 多年后,他回忆起王稼祥不搞特殊的事:

> 稼祥同志长期病痛缠身,加上工作劳累,身体非常虚弱。延安时期,中央为照顾他的健康,规定他的伙食标准实报实销。但他从不因此而有丝毫特殊。他严于律己,廉洁自奉,生活很简朴,每餐一菜一汤,很少有肉。晚上工作时间长了,就用烤馒头充饥。每月报账前他都要亲自检查

一番账目，看有无超支记录。碰到炊事员老陈外出买菜，他总要关照几句：少买点，不要吃不掉浪费了。他常说，边区人民困难，我们能吃上这些东西就很不容易了。一次供给部长叶季壮同志看到他的衣服、被褥太破旧了，准备给他做套新衣服，派裁缝来量尺寸，稼祥同志更是不叫量。送来了被褥，他又派我送回去。

刘惠农时任中央军委总卫生部政委，在总政治部主任王稼祥直接领导下工作。他回忆起王稼祥重视知识和知识分子在革命中的作用：

生活中常常有这样的现象，有的人同你相处过较长时间，但随着岁月的流逝，逐渐变得模糊起来；而有的人和你只有几次接触，却像石雕一样，镌刻在你的心中。王稼祥同志就是后一类的人……

抗日战争时期，许多怀着满腔热忱的知识分子，历尽千辛万苦来到延安……如何正确对待和使用这批知识分子，我曾向稼祥同志请示过。稼祥同志听了我的汇报后，脸上洋溢着欣喜的笑容，他说："今天与当年红军时代不同了，参加革命的有工人、农民，还有许多知识分子；不仅有科学家、艺术家，还有医生。对这批知识分子，党首先要信任他们，充分发挥他们的专长，为革命事业服务。我们做领导工作的同志一定要认识到，没有革命知识分子，没有文化知识和科学技术，就不可能取得抗日战争的胜利，当然也就不能取得中国革命的胜利。"

最后,刘惠农感慨地说:

> 今天,在"四化"征途中,党提出了要高度重视知识和知识分子的作用,回顾稼祥同志有关知识和知识分子的指示,我愈加钦佩他的远见卓识。

在王稼祥的工作中,还有一件令人值得称道的工作,这就是党对敌军工作。当时总政治部下设有敌工部。部长为王学文,副部长为李初犁。在抗日战争中,我们党对敌军工作的政策是成功的,发挥了巨大的威力。我们释放回去的日俘,百分之九十几都说共产党的好话。这在战争史上也是少有的。当年在延安创办以教育日伪为目的的日本工农学校。学员们经过学习,改造了世界观、人生观,信仰了马列主义,很多人回国后加入了日本共产党。而当年的敌工部长王学文认为:"党对敌军工作政策的胜利是以毛主席为首的党中央和中央军委的正确领导的结果,也是同王主任的精心研究和指示分不开的。"

> 党对敌军工作政策的胜利,具有深远的历史意义。当年的日本工农学校学员们,绝大多数致力于促进中日友好的事业。最近几年来,我会见过不少来华访问的日本朋友们。他们发自内心地感激中国人民与中国共产党。他们始终怀念着当年在延安的生活,认为在延安的这一段生活是他们一生中最美好的时刻。"中国归国者友好访华团"专程去延安,在宝塔山上摄影留念,流连忘返。有的人把在延安的听课记录一直珍藏至今(用的是延安的纸,延安的毛笔),并用以教育日本的进步青年。有些人还告诉我,

当年他们回国前，周恩来同志曾经接见过他们，说了两句话，请他们带回去：一句是希望你们搞中日友好，要扩大，让别人也搞中日友好；一句是希望你们坚决地为共产主义事业而奋斗。他们说，这两句话铭记在心，就像一盏明灯永远照耀着他们的生活道路。

作为王稼祥的机要秘书，史坚最有条件、也最有资格谈他对王稼祥的印象。他先在中央华北、华中工作委员会当秘书，1940 年夏季起兼王稼祥的机要秘书。他说，在王稼祥领导下工作的那一段，有两个问题，给他印象最深：

一是他不论大会、小会，以及个别谈话，总是强调党中央、毛主席的领导作用，多次讲到毛主席是伟大的思想家、战略家，毛主席是全党的伟大领袖。那时我对党的历史知道得很少，关于遵义会议的作用，中央苏区几次反"围剿"的经验教训，毛主席的历史贡献，这些 我都是听王稼祥同志对我们讲的。 一是他不愿出头露面，也不大愿意多说话，但很肯思考研究问题。他兼了那么多职务，工作很忙，但有空就看书。例如，他要写一篇文章，先找了《中山全书》4 本，都看完了，才写了《关于三民主义与共产主义》这篇文章。他为了作根 据地建设等问题的报告，准备了大量材料，然后才在会上提出来了。有一次，我听陈云同志讲，你们王主任的工作方法很值得学习，他工作忙，但不陷入事务主义，他能挤出时间看书，调查研究，掌握充分材料，提出问题，解决问题。

而王稼祥的另一位秘书王子野,是从陕北公学高级研究班毕业后去给他当秘书的,替他保管和查找书报资料。初次见面,王稼祥就问他懂不懂俄文,并说懂俄文工作就方便了,可以直接读列宁、斯大林的著作。在他的记忆中,王稼祥刻苦读书的精神值得学习:

> 王稼祥同志每天工作都很忙,开会、谈话、批阅文件把时间几乎都占满了。可是他还能挤出时间来读书,读的书范围很广,哲学、政治、经济、文化都涉及。经常开来一批又一批的书单,让我设法去借。每次送去一批书,不多几天就退回来了。我真有些吃惊,他工作那么忙,怎么书又看得那么快。有一次大着胆问了一句,他笑着回答:看书要懂窍门,只有傻子才会每本书从头读到尾,要是那样读书,一个人一生能读几本书? 许多书只要翻翻就行了,不必细读。有些书他还是读得比较细,也常常对我发表一些评论。在我印象中,他对吕振羽同志的《中国政治思想史》和阳翰笙同志搞的一套农村调查是很欣赏的。

> 古今中外会读书的人都懂得,书要分粗读的和细读的两类。王稼祥同志是很懂得读书的,他教给我的读书方法,多少年来我一直都是这么做的。

在延安期间,由于工作的关系,王稼祥还和日本共产党领导人冈野进有过接触。冈野进原名野坂参三,1940 年 3 月 26 日,周恩来、任弼时等人从苏联回国,他和印尼的阿里阿罕同行,一共 9 个人。到延安后,因为中国大部分领土为日军占领,难以返回日本。4 月下旬,周恩来同王稼祥一起,看望野坂参三。这是王稼祥同野坂参三的第一次见面。

后来，野坂参三出版了自传《风雪的历程》，该书由新日本出版社 1989 年出版。在书中，他回忆起和王稼祥初次见面的情况：

> 一天，周恩来突然带着一个干部来了。那个干部是担任八路军总政治部主任要职的王稼祥。周恩来向我做了介绍。他们两人英语都很好，我们 3 个人的会谈进行得很顺利。他们来的主要目的是向我传达中国方面关于今后我的工作的意见。

> 据周恩来讲，如果我从延安出发，秘密进入天津或上海再去日本，由于沿途在日军的占领下，就八路军和新四军的力量来说，几乎是不可能的……

> 交谈最后，周恩来说明了这样意见：为了同日中两国人民的共同敌人——日本帝国主义作斗争，实际上希望我留在延安，帮助做些重要事情，而且问我能否接受，并且附带说明他的这个建议是毛泽东领导的中国共产党政治局协商后得出的结果。

那么，周恩来建议的内容究竟是什么呢？据野坂参三披露，大致有三点：第一，调查研究日本的军事、政治、经济及社会的实际情况，将其结果报告给中共中央。第二，希望对当前的日军士兵的宣传工作给予指导和帮助。第三，希望他亲自抓日军俘虏的教育工作。

野坂参三接受了这个建议，请看他的回忆：

> 我接受了这样的建议，同周恩来和王稼祥做了广泛讨

论之后,过去那种烦闷不安的心情渐渐消失,感觉立刻看到了光明的前景,充满了新的希望。我以略微兴奋的心情接受二人的建议。他们两人听到我的回答非常高兴。

最后,关于我今后的工作和生活的重要问题处理,决定由总政治部主任王稼祥负责,具体问题处理由总政治部所属的对敌工作部(简称敌工部)负责。而且,附带说了一下那个负责人将于近日派出。

会谈结束已是黄昏时刻,周恩来和王稼祥一起下山去了。从那以后,自离莫斯科以来一直保持联系的周恩来与我之间的接触打上了终止符,几乎再也没有看到他的身影。因为他代表中国共产党到国民政府所在地重庆去了。而且,他后来的工作是由王稼祥完成的。

王稼祥的秘书史坚也证实:

> 日本问题研究会是王稼祥管的,实际工作主要由王学文、李初梨、王思华等同志在做,当时都住在王家坪。日本冈野进也住在王家坪东边的一个小山沟里,代表中央经常同冈野进接触的是王稼祥同志。

冈野进是王稼祥在延安联络的第一个外国共产党人,也是他和外国共产党联络的开始。在交往接触中,他显露出过人的才华。11年后,他即担任中联部首任部长。

上述 10 位战友怀着深切怀念之情,从历史事实出发,从不同的侧面、不同的角度展现了王稼祥在延安时期的贡献,使我们看到了一位老一辈无产阶级革命家的崇高的共产主义思想品德、修养和作风。

二、延安整风

王稼祥是延安整风的领导者之一。

1940 年 12 月 19 日,延安《新中华报》报道:

> 第十八集团军政治部主任王稼祥同志,忽于月前腹部疼痛,身感不适,当即移驻柳树店国际和平医院,现由该院鲁院长以及黄、谭医生并医大王校长等细心诊治。缘王稼祥同志曾于内战时期,腹部中炸弹片,伤及大肠,前赴苏联医治,施行手术后痊愈,即回国;年来为国竭劳,未得多事休养,此次恐系腹伤作犯,现正俟照 X 光。连日各方闻讯前往探视慰问,记者于日前前往,见王主任精神尚好,惟饮食欠佳,正静养待医中。

这篇《八路军总政治部主任王稼祥同志病重各界代表纷纷探视慰问》的文章,第一次公开披露王稼祥内战时期负伤、曾赴苏医治和最近病情以及"连日各方闻讯纷纷前往探视慰问"的情况。

王稼祥病的不是时候。当时,国民党顽固派掀起反共高潮,悍然发动皖南事变。王稼祥不顾身体虚弱,坚持出院,参加了皖南事变有关决策,协助毛泽东打退了第二次反共高潮。

如前所述,王稼祥在总结皖南事变的教训时,党性问题引起了他的高度重视,并为中央主持起草了《中央关于增强党性的决定》,这是加强党的建设的一个重要文件。

继这一决定之后,中央又陆续发出了许多重要的决定:《关于调查研究的决定》《关于延安干部学校的决定》《关于在职干部教育的决定》等，为延安整风运动做了重要的准备。

在一年后的中央学习组整顿"三风"的报告中，毛泽东评价说，在我们党的历史上，全面的、全党范围的、经过中央领导的对整个干部进行的内部教育，过去还很少。从去年 7 月中央关于增强党性的决定开始，我们才全体地从上而下地一致地注意了这个问题，这个意义非常之大。

从 1941 年 8 月下旬起，王稼祥成为中央书记处工作会议成员。这时，王稼祥的住处由王家坪搬到杨家岭。杨家岭正在兴建大礼堂，为开七大做准备，还新砌了许多石头窑洞。在新窑洞砌成之前，王稼祥先暂住在土窑洞里。王稼祥的住处和毛泽东的住处相距 10来米，举足即到。王稼祥除了参加中央政治局每周一次例会和中央书记处每周两次例会外，到毛泽东住处商谈问题是常事。

8 月 29 日，中央书记处决定成立思想方法学习小组，毛泽东任组长。9 月 8 日，又决定成立政治局学习小组，王稼祥任副组长，负责组织研究马列著作，以及六大以来的中央文件，着重研究四中全会至遵义会议这一段。

1941 年 9 月 10 日至 10 月 22 日，中共中央召开政治局扩大会议（又称九月会议）。根据毛泽东的提议，中共中央先后发出王稼祥主持起草的《关于增强党性的决定》和毛泽东起草的《关于调查研究的决定》。中央还把毛泽东主持编辑的《六大以来》发给大家，要大家认真阅读，结合实际进行比较和分析，看看哪些是对的，哪些是不对的。

这一系列措施，特别是对《六大以来》的阅读和研究，对开好九月会议起了决定性的作用。胡乔木回忆说：

> 当时没有人提出过四中全会后的中央存在着一条
> "左"倾路线。现在把这些文件编出来，说那时中央一些领
> 导人存在主观主义、教条主义就有了可靠的根据。

> 有的人就哑口无言了。毛主席怎么同"左"倾路线斗
> 争，两种领导前后一对比，就清楚看到毛主席确实代表了
> 正确路线，从而更加确定了他在党内的领导地位……编辑
> 《六大以来》就是为了解决政治路线问题……《六大以来》
> 成了党整风的基本武器。

九月会议时断时续开了一个多月，集中讨论了 5 次。这 5 次时间是：9 月 10 日、11 日、12 日、29 日和 10 月 22 日。

在 9 月 10 日的第一天，毛泽东做了反对主观主义和宗派主义的报告。他一开始就说："过去我们的党很长时期为主观主义所统治，立三路线和苏维埃运动后期的'左'倾机会主义都是主观主义。苏维埃后期的主观主义表现更严重，它的形态更完备、统治时间更长久，结果更悲惨。"这是因为他们自称为"国际路线"，穿上马克思主义的外衣，其实是假马克思主义。他分析道："遵义会议，实际上变更了一条政治路线。过去的路线在遵义会议后，在政治上、军事上、组织上都不能起作用了，但在思想上主观主义的遗毒仍然存在。"

毛泽东分析主观主义的来源主要是：党内"左"的传统，苏联德波林等的影响，以及中国广大小资产阶级的影响。由于这些影响根深蒂固，毛泽东认为克服主观主义应从政治局同志做起，研究马恩

列斯的思想方法论,以思想、政治、政策、军事、组织 5 项为政治局的根本业务,掌握思想教育是第一等业务。

毛泽东最后发出号召:"打倒两个主义,把人留下来,反对主观主义和宗派主义,把犯了错误的干部健全地保留下来。"

毛泽东的报告为中央领导层的整风定下了基调。在 5 次会议上,28 人先后发言,许多人表示拥护毛泽东的报告。许多人以自我批评精神认真检讨了自己历史上所犯的错误。

9 月 10 日和 29 日,张闻天第一个做了检讨:"毛主席的报告,对党的路线的彻底转变有极大的意义。过去我们对苏维埃后期的错误没有清算,这是欠的老账,必须偿还。""对中央苏区的工作,同意毛主席的估计,当时路线是错误的。政治方面是'左'倾机会主义,策略是盲动的。军事方面是冒险主义(打大的中心城市、单纯防御等)。组织上是宗派主义,不相信老干部,否定过去一切经验,推翻旧的领导,以意气相投者结合,这必然会发展到乱打击干部。思想上是主观主义和教条主义,不研究历史与具体现实情况。"他表示:承担自己的错误责任,决心补课。

博古在会议上也做了诚恳的自我批评:"1932 年至 1935 年的错误,我是主要负责的一人。当时我们完全没有实际经验,在苏联学的是德波林主义的哲学教条,又搬运了一些苏联社会主义建设的教条和西欧党的经验到中国来。过去许多党的决议是照抄国际的。"他表示:现在有勇气公开研究自己过去的错误,希望在大家帮助下逐渐克服。

王稼祥的检讨则侧重于总结主观主义产生的根源:

"我也是实际工作经验很少,同样在莫斯科学了一些理论,虽也学了一些列宁、斯大林的理论,但学的多的是德波林、布哈林的机械论。学了这些东西害多益少。我回国后便参加了四中全会反立三路线斗争,当时不过是主观主义反主观主义,教条主义反教条主义。当时在政治上反立三主义,认为中国革命与世界革命能同时胜利,主张中国革命能单独胜利。我们过去反立三路线没有整个的策略路线。我们的主观主义的来源是由于自己经验不够和教条主义所致。"

回顾自己的经历,王稼祥认识到思想领导的重要性:

"思想问题成为政治局今后的主要业务,今后政治局要以思想领导为中心。"

"中国党过去的思想方法论:

1. 机械唯物论——在政治上是机会主义,组织上是家长制度。

2. 主观主义——德波林的哲学思想。政治上是'左'倾机会主义,组织上是宗派主义。

3. 唯物辩证法——过去中国党毛主席代表了唯物辩证法,在白区刘少奇同志是代表了唯物辩证法。"

"过去主观主义的传统很久。其产生的根源,除由于中国社会原因外,就是经验不够,学了一些理论而没有实际工作经验的人,更易做教条主义者;实际工作经验多的人,不易做教条主义者,而容易成为狭隘经验主义者。"

这次九月会议在党的领导层内取得了大体一致的认识。

但是会议的一个主角、"左"倾路线的主要代表王明,在会上却丝毫不做自我批评。他发了两次言,虽然表示同意毛泽东的发言,承认 1932 年至 1935 年的错误是路线错误,但完全推卸责任,说自己对博古、张闻天在中央苏区的政策和做法是不同意的,强调博古是苏维埃运动后期错误最主要的负责者。这样,王明就将自己的责任推得干干净净。

鉴于这种情况,毛泽东曾两次同王明谈话,没有谈通。

10 月 7 日,毛泽东偕王稼祥、任弼时又找王明谈话。这次王明不但避而不谈自己的问题,反而攻击中共中央自抗战以来的方针是太"左"了。他指责毛泽东的《新民主主义论》和《陕甘宁边区施政纲领》是只要民族资产阶级,不要大资产阶级,这是不好的;认为目前应当以国民党为主,我党跟从之;建议中共中央声明不实行新民主主义,同蒋介石设法妥协。

最后,王明出语惊人:"我没有错误。你们要清算当年中央苏区的错误,找博古去算吧!我是执行共产国际决议的。我决心同中央争论到底,甚至不惜到共产国际去打官司。"

第二天,王明在中央书记处工作会议上更系统地阐述他的观点,受到许多人的批评。

毛泽东在会议发言中严肃地说:"王明在武汉时期有许多错误,我们等待他许久,最近我和他谈过几次,但还没有谈通。他认为我们过去的方针是错误的,太'左'了。恰好相反,我们认为他的观点太右了,对大资产阶级让步太多了,只是让步是弄不好的。"

这次会议还提出了两个重要问题,对后来形成的历史问题决议产生了较大影响。一是提出经验主义是主观主义的一种表现形态,第一次明确指出教条主义常与经验主义结合而且互相利用,教条主义无经验主义不能统治全党，经验主义是教条主义者的俘虏；二是提出主观主义的错误把白区弄光了，而当时刘少奇是白区正确路线的代表。

因为王明在争论中提出了对目前时局的严重的原则性问题，毛泽东提议停止讨论苏维埃后期的错误问题，集中讨论抗战以来中央的政治路线。他希望王明把他的意见在政治局会议上加以说明。但王明却突然称病不肯出席，致使会议未能进行。以后，他长期称病，拒绝参加中央的整风会议。

10 月 22 日，中央政治局整风会议总结，决定由毛泽东写书面结论。在会议结束时，毛泽东未再做报告。这个书面结论，即是后来党的若干历史问题决议的最初草案。

会议进行期间，9 月 26 日，中央书记处发出《关于高级学习组的决定》。《决定》指出，成立高级学习组的目的是提高党内高级干部的理论水平与政治水平。这个决定还规定延安及各地高级学习组统归中央学习组管理指导，按时指定材料，总结经验，解答问题。中央学习组以中央委员为范围，以毛泽东为组长，王稼祥为副组长。中央学习组和各地高级学习组的成立，标志着全党高级干部整风运动的开始。从此，王稼祥尽心竭力协助毛泽东为全党高级干部的整风学习确定学习目的、学习方针和学习任务，督促检查进展情况和效果。

王稼祥当时任中央军委副主席、总政治部主任，负责军委的日常工作。对军委直属系统整风学习的每一个环节，他都做了认真研究和精心指导。

在延安的中央政治局委员，既要参加整风，又要分管一个方面或者几个方面的工作,工作繁忙,需要有个助手帮助了解情况,研究和处理问题。为此,中央办公厅给他们每个人都配了政治秘书。给王稼祥配的政治秘书是陶铸。

陶铸是中共党史上一位具有传奇色彩的人物,也是一位经受过各种考验的老资格的共产党人。

陶铸,湖南祁阳人,比王稼祥小一两岁。1926年,陶铸在黄埔军官学校学习时,加入了中国共产党。1927年,他参加了著名的南昌起义和秋收起义。1929年后,担任中共福建省委秘书长及书记。1935年5月,陶铸因叛徒出卖,在上海被捕,被国民党判处无期徒刑。1937年国共再度合作时,经周恩来、叶剑英交涉,营救出狱。到延安前,他担任过中共湖北省委常委、豫皖边区党委统战部长等重要职务。1940年3月,陶铸作为七大代表,来延安参加七大。到延安后,先在中央组织部学习,后因七大暂时不开,于1941年春重新分配工作,任中央办公厅党务材料室副主任。随后,调任王稼祥的政治秘书一年多时间。

论年龄,陶铸比王稼祥小一两岁;论党龄则不相上下。但陶铸对王稼祥非常敬重,他们之间的关系非常融洽。中华人民共和国成立后,陶铸担任中共广东省委第一书记、中共中央中南局第一书记。他喜欢写作,著有散文集《理想·情操·精神生活》《思想·感情·文采》等。他也爱写诗。他的工作很忙,但每次到北京来,一定要看望王稼祥。即使当王稼祥受到不公正批判时,他一如既往,仍然去看望、交谈,并且能够深谈。

在延安时期,陶铸非常敬重王稼祥。

那时,王稼祥的住处在杨家岭的一排石头窑洞里,陶铸和夫人曾志（当时在中央组织部工作）、史坚、王子野也住在那里。陶铸和王稼祥的来往很方便，也很频繁。另一位秘书史坚回忆王稼祥在延安时期的情况时，曾说过这样的话：其实，在这段时间对王稼祥了解得比较多的是陶铸。

不幸的是，陶铸在"文化大革命"中受到林彪、江青反革命集团的残酷迫害，含冤去世。现在我们只能用陶铸的妻子曾志1989年11月15日在《王稼祥选集》首发式的发言作为弥补。

曾志深情地说：

我在延安时期就认识王稼祥同志，但是没有什么直接的联系。当时，陶铸同志是王稼祥同志的政治秘书。

据我了解，陶铸同志非常敬重王稼祥同志，而且很有感情，发自内心的感情。他经常说，稼祥同志读了很多书，很有马列主义理论水平，从苏联回国后，很注意了解国内的实际情况，处理每一个问题总是经过深思熟虑，经过各方面的反复考虑。延安时期，陶铸同志受到稼祥同志的教育不少，碰到很多问题总是向稼祥同志汇报。稼祥同志非常平易近人，对提出的问题总是耐心同陶铸同志商量，实事求是采纳一些意见，解决问题。

陶铸同志一直认为王稼祥同志是好领导，愿意在他的领导下工作。因此，陶铸同志对王稼祥同志很有感情，王稼祥同志对陶铸同志也是很有感情。

全党整风是从1942年2月开始的。2月1日，毛泽东在中共中央党校开学典礼上发表了著名的演说《整顿党的作风》；2月8日，

王稼祥传

在干部会上做了《反对党八股》的演讲。4月3日,中共中央宣传部发出《关于在延安讨论中央决定及毛泽东同志整顿三风报告的决定》,同时成立了以毛泽东为首的总学委会,作为整风学习的指导机构。从此,一场伟大的整风运动就在全党逐步展开。这次学习共分为三个阶段,即准备阶段、普遍整风阶段(包括整顿党风、整顿学风、整顿文风)和总结党的历史经验教训阶段。

在中宣部发出4月3日《决定》的同一天,中央书记处工作会议决定军委直属系统的整风学习由王稼祥、陈云负责。"军委直属系统委员会——以王稼祥、陈云、朱德、叶剑英、谭政、傅钟、胡耀邦、肖向荣、陶铸、叶季壮等11位同志组成之,由稼祥、陈云同志负责指导。"

4月18日,中共中央直属机关和军委直属机关在八路军大礼堂联合举行整风学习动员大会。王稼祥在会上分析了目前时局,要求大家好好研究中央文件,改造工作作风,正视困难,克服困难,并迎接将到来之光明。

军委直属系统参加整风学习的有1830人,编为193个小组,分为甲、乙、丙3类。其中高级干部79人,编入甲类。如此众多的人参加整风学习,无论工作性质、斗争经历还是文化程度,都参差不齐。王稼祥对军委直属系统的整风学习认真研究,区别不同情况提出不同要求,精心指导,对每一个细节都抓得很紧。如对列入甲类的高级干部,要求他们在带头认真学习的同时,还参加和帮助乙类干部的学习;对丙类干部,采取上课方式,学习文件也减少到15个。

中央军委直属系统经过学习动员后,于4月20日至5月11日为初步阅读文件阶段。对于中宣部4月3日《决定》中规定的12个文件，认真进行了学习。如总政治部组织部学习小组规定每人在一星期内必须提出 5 个问题，然后根据提出的问题分类归纳，进行座谈、讨论和辅导，帮助大家理解 22 个文件的精神实质。在王稼祥的精心指导下，军委直属系统的整风学习经过了初步阅读文件阶段，为转到深入研究文件阶段打下了基础。

6 月 7 日，根据中央总学委第二次会议决定，参加中央学习的党、政、军、民各方面的工作同志混合编为 10 个小组，其中第四组由王稼祥为组长，贺龙、陶铸为副组长；又确定了抽阅各系统笔记的分工，军委系统为王稼祥、陈云、陶铸、陈子健。

王稼祥虽然身体不好，但对整风运动却身体力行。他要求干部写反省笔记，将军委各个部门第一把手的笔记收去，亲自查看并写上批语，由此推动各部门的整风学习，效果很好。

在整风运动的同时，还开展了精兵简政、大生产运动。王稼祥在 1941 年 11 月 17 日的中央政治局会议上发言，认为军事系统实行精兵简政是可以办到的，可以减少很多人员，不要百事俱兴，结果一事无成，有些事情可以不办，要裁减机关。

王稼祥说到做到。他主持召开军委直属机关精兵简政会议进行动员，要求各单位参照陕甘宁边区的经验，制订精简整编计划和具体实施办法。在朱德、王稼祥的直接领导下，军委直属机关精简工作进展很快，在很短时间内，就由 7000 多人精简到 2000 多人，提高了效率。

对军委直属政治部的精简整编，王稼祥提出了具体要求。担任军委直属政治部副主任的邓飞回忆道：

对于我们直属政治部的精简问题，稼祥同志指出：一、将原来 60 余名干部和勤杂人员减去一半；二、取消科一级编制；三、取消我部的伙食单位，同总政治部合并为一个伙食单位。我们都认真按照这个指示去做了。

对于大生产运动，王稼祥赞同和支持朱德提出的"屯田军垦"的建议。1939 年秋，从华北调回陕甘宁边区担负保卫党中央和保卫边区任务的第一二〇师三五九旅，在旅长王震率领下开赴荒无人烟的南泥湾，开荒生产，很快成为生产战线上的一面旗帜。经过几年的艰苦奋斗，南泥湾的面貌发生深刻变化，成为"到处是庄稼，遍地是牛羊"的"陕北江南"。

在整风运动中，王稼祥为中央起草了不少重要文件，撰写了不少重要论著。

1941 年 10 月 3 日，中央书记处会议决定，组织清算过去历史委员会，由毛泽东、王稼祥、任弼时、康生、彭真 5 人组成，以毛泽东为首，由王稼祥起草文件。在所有这些文件中，有 3 份非常重要的文件值得提起。

第一份文件是 1941 年 11 月 7 日中央军委《关于抗日根据地军事建设的指示》。这份文件是在王稼祥主持下，由他和中央军委参谋长合作起草的。

文件规定各个根据地的军事机构均应包括主力军、地方军和人民武装三部分，目前应以扩大、巩固地方军和人民武装为中心，对主力军应采取适当的精兵主义。这对于广泛开展游击战争，以坚持持久的抗日战争直至取得最后胜利有重大作用。《指示》分四个问题，每个问题又可以作为一个单独的指示，当时分 4 次电报发出，统称"建军的四号指示"。1945 年 6 月 10 日，毛泽东在七大讲到王稼祥的功劳时说道："建军的四号指示是他与叶剑英合作,在他领导之下起草的。"

第二份文件是 1942 年 7 月 2 日中共中央《关于对待原四方面军干部态度问题之指示》。这份文件由王稼祥起草。

这个文件明确规定,要把张国焘的错误同四方面军的其他领导人、同广大干部和战士区别开来;对四方面军的干部的信任与工作分配,应当与其他干部一视同仁,应当根据这些干部每个人的德、才、资历,分配他们以适当的工作;凡原有工作不适当者,应该设法改变之。这个文件,对于增强全党全军的团结起了积极作用。当时在八路军第一二九师传达贯彻后,尤其产生了显著的效果。

第三份文件是 1942 年 9 月 1 日中共中央《关于统一抗日根据地党的领导及调整各组织间关系的决定》。这份文件由王稼祥起草。

这个文件强调党的一元化领导,指出各根据地的党的委员会为各地区的最高领导机关,统一各地区党政军民的领导,要求严格执行民主集中制,下级服从上级,全党服从中央的原则。这个文件对于增强党的团结、统一根据地各组织的步调,保证党的方针政策的贯彻执行,起了重要作月。

这些都是王稼祥在整风运动中所做的历史功绩。

三、提出"毛泽东思想"

1981 年 6 月 27 日,中共十一届六中全会通过了《中国共产党中央委员会关于建国以来若干历史问题的决议》。《决议》的一个重要内容是科学地评价了毛泽东同志的历史地位和毛泽东思想。

《决议》指出："以毛泽东同志为主要代表的中国共产党人，根据马克思列宁主义的基本原理，把中国长期革命实践中的一系列独创性经验作了理论概括，形成了适合中国情况的科学的指导思想，这就是马克思列宁主义普遍原理和中国革命具体实践相结合的产物——毛泽东思想。"

《决议》还指出："毛泽东思想是我们党的宝贵的精神财富，它将长期指导我们的行动。由马克思列宁主义、毛泽东思想培育的党的领导者和大批干部，过去是我们的事业取得巨大胜利的基本骨干，现在和今后仍然是社会主义现代化建设事业的宝贵中坚。"

长期以来，毛泽东思想培育了一代又一代共产党人，为党的事业而奋斗。而王稼祥在党的历史上的一个重大贡献，就是提出"毛泽东思想"这一科学概念。胡耀邦说："他是我们党正式提出'毛泽东思想'这一科学概念的第一人。"

1943 年 7 月 5 日，王稼祥为纪念党的 22 周年而作的《中国共产党与中国民族解放的道路》一文，是一篇有代表性的重要论文。该文刊登在 1943 年 7 月 8 日延安的《解放日报》上。

在该文中，王稼祥明确提出"毛泽东思想"这个概念，阐明了毛泽东思想的含义。

那么，王稼祥撰写这篇文章的历史背景是什么呢？

作为王稼祥本人来说，他对毛泽东思想的认识经历了曲折前进的过程。1931 年，他到中央苏区后，逐步摆脱了教条主义的影响，认识到毛泽东的军事思想和战略战术是正确的。在遵义会议上，他积极赞同和拥护毛泽东的意见，批评了博古、李德在军事领导上和战略战术上的错误,要求毛泽东出来担任党和红军的领导。这个意见得到了绝大多数人的支持,从而确立了毛泽东在全党全军的领导地位。1938年9月,他在中央政治局会议上传达了共产国际对中共中央的政治路线和毛泽东领导地位的肯定意见,使党的六届六中全会得以顺利召开。后来,他作为毛泽东为首的中共中央和中央军委的领导成员,参与了许多重大问题的决策。

王稼祥为中央起草了许多重要文件,也发表了一些重要论著,主要有:《关于三民主义与共产主义》(1939年9月25日)、《为中国共产党的巩固和坚强而斗争》(1939年9月29日)、《中国共产党与革命战争》(1940年1月15日)、《中国共产党与中国民族解放的道路》(1943年7月5日)。这些文件和论著,丰富了党的集体智慧的宝库,为毛泽东思想的发展和成熟做出了贡献。

1943年3月20日,中央政治局会议决定,中央书记处由毛泽东、刘少奇、任弼时组成,还通过了《关于中央机构调整及精简的决定》,决定在中央政治局和书记处之下,设立宣传委员会和组织委员会,作为政治局和书记处的助理机关。宣传委员会由毛泽东、王稼祥、博古、凯丰组成,毛泽东任书记,王稼祥任副书记。组织委员会由刘少奇任书记。宣传委员会负责统一管理中央宣传部、解放日报社(包括新华社、广播电台)、中央党校、文委、出版局的工作。

这一年是中国共产党诞辰22周年,也是毛泽东诞辰50年,党内有些同志提出要为毛泽东祝寿,宣传他的思想。中宣部副部长凯丰写信给毛泽东反映了这些意见。

而毛泽东既不同意做寿,也不同意宣传他的思想。1943年4月22日,他写信给凯丰:

生日决定不做。做生的太多了,会生出不良影响。目前是国内外困难的时候,时机也不好。我的思想(马列)自觉没有成熟,还是学习时候,不是鼓吹时候;要鼓吹只宜以某些片断鼓吹(例如整风文件中的几件),不宜当作体系去鼓吹,因我的体系还没有成熟。

这时,中共中央书记处从杨家岭迁往枣园,王稼祥的住所迁到枣园。

枣园,位于延安城的西北角,原是陕北地方实力派高双城的庄园,在延安时为康生主持下的中共中央社会部的驻地。这里有成片的枣树、槐树、梨树、柳树,密密的树丛中掩映着一排排窑洞、平房。平房中有三四幢小红砖楼房,环境幽静,很适合中央领导人办公、思考和研究问题。王稼祥因为伤病复发,搬来此地休养。他的住处同毛泽东、陈云的住处为左邻右舍,在同一排窑洞。

1943 年 6 月下旬,整风运动正深入开展。一天下午,毛泽东来到枣园王稼祥的住处。警卫员张志见了,赶快搬了两把椅子让他们在院子里坐下,然后又忙着拿烟倒水。

毛泽东询问了王稼祥的病情后说:"过几天,党诞辰 22 周年的生日快到了,是不是请你写篇纪念党的生日的文章。"

王稼祥询问主席应该从哪些方面写,并谦虚地说:"我还没个准备呢!"

"22 年来的历史你都知道,就从总结经验教训,再针对目前党内思想上存在的一些问题写吧!"毛泽东显然对这些有所考虑。

"好,让我想想看。"王稼祥接受了。

警卫员张志回忆了文章的撰写经过:

他接受了主席的建议后，就开始忙着翻阅书刊，查找资料。这段时间差不多每晚都要工作到凌晨两三点，有时直到天已大亮才休息。那时延安生活条件很艰苦，一盏小油灯若明若暗，时间一长，窑洞里烟雾弥漫；加上他在中央苏区第四次反"围剿"中腹部受重伤一直未愈，伤痛隐隐发作，经常一边捂住肚子上的伤口，一边伏案疾书。我看到首长这样忘我工作，感动得几乎流下泪来，曾下定决心，一定要像王主任那样，战胜困难，做好党交给的任务。经过一周左右的时间，文章写好了。王主任让我送给毛主席审阅。第二天，毛主席就批给报社立即发表。7月8日，延安《解放日报》头版刊载了这篇文章。

《中国共产党和中国民族解放的道路》一文，以提出"毛泽东思想"这个科学概念载入中国共产党和近代中国的史册。

在文中，他是这样提出并阐述毛泽东思想的：

　　共产党所指出的抗战正确道路与抗战中的正确政策早已在我党英明领袖毛泽东同志的著作中和中共中央的文件中表现得清清楚楚，并且在敌后抗战的实践中证实它的正确性。

　　中国民族解放整个过程中——过去、现在与未来的正确道路就是毛泽东同志的思想，就是毛泽东同志在其著作中与实践中所指出的道路。毛泽东思想就是中国的马克思列宁主义，中国的布尔什维主义，中国的共产主义。

文章论述了毛泽东思想的产生、发展和成熟，它和中国共产党的成长壮大相联系：

> 毛泽东思想与中国共产党的民族解放的正确道路是
> 在与国内国外敌人的斗争中，同时又与共产党内部错误思
> 想的斗争中生长、发展与成熟起来的。

> 中国共产党从诞生以后便积极地参加了中国民族解
> 放斗争，22 年如一日，其中参加了 1925—1927 年大革命、
> 苏维埃运动与最近 6 年来的抗日战争。中国共产党便在
> 这些反帝反封建的斗争中壮大起来。毛泽东思想也是在
> 三大革命斗争中生长起来、成熟起来的。

> 中国共产主义——毛泽东思想不仅在和民族解放的
> 敌人的斗争中生长起来，并且是在和共产党内部错误思想
> 的斗争中成熟起来的。

下面我们引用文中有关毛泽东思想的形成的论述，看看和 40
年后十一届六中全会决议中有关这个问题的论述有着多么惊人的
相似：

> 以毛泽东思想为代表的中国共产主义，是以马克思列
> 宁主义的理论为基础，研究了中国的现实，积蓄了中共22
> 年的实际经验，经过了党内党外曲折斗争中而形成起来
> 的。它既不像那些简单抄袭书本搬运理论，把理论当教条
> 而自命为马列主义，把主观主义当作马列主义，也不像那
> 些以中国人民民族意识来投机，抄袭一些中国封建时代的
> 古书，同时偷运一些外国最反动的法西斯思想而自命其理
> 论为中国"本国货"，把封建思想与法西斯主义当作中国民

族解放的理论。它是创造的马克思列宁主义,它是马克思列宁主义在中国的发展,它是中国的共产主义,中国的布尔什维主义。

作者深刻地指出:"中国共产主义,毛泽东思想,便是马克思列宁主义与中国革命实践经验相结合的结果……并且,这个理论正在继续发展中。"

与此同时,刘少奇也写了《清算党内的孟什维主义思想》一文,使用了"毛泽东同志的思想"和"毛泽东同志的思想体系"两个提法,要求一切干部和党员,"应该用毛泽东同志思想来武装自己,用毛泽东同志的思想体系去清算党内的孟什维主义思想"。

"毛泽东思想"这个概念经王稼祥提出后,逐步为党内许多同志所接受。在党的一些文件和许多负责同志的讲话中,使用和论述毛泽东思想的情况,逐渐多起来。

在党的第七次全国代表大会上,毛泽东思想被确定为全党的指导思想。七大通过的《中国共产党党章》明确规定:"中国共产党,以马克思列宁主义的理论与中国革命的实践之统一的思想——毛泽东思想,作为自己一切工作的指针,反对任何教条主义的或经验主义的倾向。"这是七大修改党章一个最大的历史特点,是七大的一个具有历史意义的伟大成果。

1945 年 5 月 14 日,刘少奇代表中央在七大所做的关于修改党章的报告中,集中全党的智慧,反映全党的意志,吸收了包括王稼祥和其他同志的一些提法和意见,对毛泽东思想做了完整的概括和系统的阐述。

第六章　走出国门的外交家

一、东北局城工部部长

进入 1943 年后，由于身体虚弱，加上长期超负荷运转，王稼祥病倒了，不能坚持工作，中央决定他休息 3 个月。

1944 年春，王稼祥的住处由枣园迁回王家坪，搬到原来野坂参三住的窑洞。9 月初，他住进了和平医院。院长鲁之俊、苏联外科大夫阿洛夫，还有朱仲丽负责王稼祥的治疗工作。

在和平医院，王稼祥做了肠吻合手术，但没有成功，还服用过多的奎宁，损害了健康，使他的听力受到重大影响，以致在中华人民共和国成立后的五六十年代，参加各种重要会议，不得不使用助听器。

即使在病中，他也关心整风的大事。当毛泽东让人发给王稼祥一本关于历史问题决议草案，征求他的意见时，他不顾身体有病，于 1945 年 4 月 17 日和 22 日，两次写信给毛泽东，提出对若干历史问题草案第三稿的意见。后来毛泽东将他的两封信印发给参加七大的代表。

1945 年 4 月 23 日，中共七大在杨家岭中央大礼堂隆重开幕。经过反复的酝酿和预选，6 月 9 日，进行了正式中央委员的选举。

10日，大会公布选举结果，共选出正式中央委员44人。由于相当多的代表对他缺乏了解，王稼祥得了204票，不足半数，落选了。这使毛泽东很不安。

6月10日，毛泽东向全体代表做关于选举候补中央委员的报告。他讲了3个问题：一是今天选举候补中央委员，这个选举的意义也是很重大的，希望大家重视；二是对王稼祥在正式中央委员选举中落选问题"要说几句话"；三是觉得这次要有东北人当选才好。根据中央档案馆保存的毛泽东这次讲话的记录，第二个问题的篇幅最多。下面是毛泽东专门谈的王稼祥问题。

王稼祥同志是犯过路线错误的，在四中全会前后犯过路线错误，此后也犯过若干错误。但是，他是有功劳的。他的功劳主要有这样几件：

第一，四中全会以后，中央派了一个代表团到中央苏区。代表团有3个人，任弼时同志、王稼祥同志、顾作霖同志。第一次反"围剿"刚结束，他们就来了。王稼祥同志参加了第二、三、四次反"围剿"的战争。在当时，我们感觉到如果没有代表团，特别是任弼时、王稼祥同志赞助我们，反对"削萝卜"的主张就不会那样顺利。所谓"削萝卜"，就是主张不打，开步走，走到什么地方碰到一个"小萝卜"，就削他一下。那时，我们主张跟敌人打，钻到敌人中间去，寻找敌人的弱点，打击敌人。主张"削萝卜"的人反对我们，说我们的办法是"钻牛角"。当时，如果没有代表团，特别是王稼祥同志，赞助我们、信任我们——我和总司令，那是相当困难的。虽然以后在苏区的两个大会上，即中央苏区党代表大会和苏维埃第一次代表大会上，王稼祥同志是有错误的，但上面说的这一点，却是他的功劳。王稼祥同志是在第四次反"围剿"末期负伤的。

第二，大家学习党史，学习路线，知道中国共产党历史上有两个重要关键的会议。一次是1935年1月的遵义会议，一次是1938年的六中全会。

遵义会议是一个关键，对中国革命的影响非常之大。但是，大家要知道，如果没有洛甫、王稼祥两位同志从第三次"左"倾路线分化出来，就不可能开好遵义会议。同志们把好的账放在我的名下，但绝不能忘记他们两个人。当然，遵义会议参加者还有好多别的同志，酝酿也很久，没有那些同志参加赞成，光他们两个人也不行；但是，他们两个人是从第三次"左"倾路线分化出来的，作用很大。从长征一开始，王稼祥同志就开始反对第三次"左"倾路线了。

遵义会议后，中央的领导路线是正确的，但中间也遭过波折。抗战初期，十二月会议就是一次波折。十二月会议的情形，如果继续下去，那将怎么样呢？有人说他奉共产国际命令回国，国内搞得不好，需要有一个新的方针。所谓新的方针，主要在两个问题上，就是统一战线问题和战争问题。在统一路线问题上，是要独立自主还是不要或削弱独立自主？在战争问题上，是独立自主的山地战还是运动战？六中全会是决定中国之命运的。六中全会以前虽然有些著作，如《论持久战》，但是如果没有共产国际指示，六中全会还是很难解决问题的。共产国际指示就是王稼祥同志从苏联养病回国带回来的，由王稼祥同志传达的。

第三，此后，王稼祥同志就一直在中央工作。虽然他在工作中也有缺点，如在政治工作中就有很大缺点，但是他也做了很多好事。如1939年巩固党的决定，1941年增强党性的决定，1942年党的领导一元化决定、对待原四方面干部态度问题的指示及建军的四号指示等，都是他起草的。增强党性的决定是他与王若飞同志合作，在他领导之下起草的；建军的四号指示是他与叶剑英同志合作，在他领导之下起草的。

在一件一件列举了王稼祥的功劳后，毛泽东表明了自己的看法：

至于他有些缺点，如对干部关系，这是大家知道的。但上面这些是大家不大知道的，是中央内部的事，我今天在这里必须讲一讲。

他虽然犯过路线错误，也有缺点，但他是有功的。他现在病中，他的病也是在第四次反"围剿"中负伤而起的。他这次写给我的信，已印发给大家看了，有的同志说写得太简单，但是他的确是考虑很久才下决心写的。

我认为他是能够执行大会路线的，而且从过去看，在四中全会后第三次"左"倾路线正在高涨时，在遵义会议时，在六中全会时，也都可以证明这一点。

昨天选举正式中央委员，他没有当选，所以主席团把他作为候补中央委员的第一名候选人，希望大家选他。

毛泽东对王稼祥的功过做了比较客观、公正的评价，使代表们增强了对王稼祥的了解。在随后举行的中央候补委员选举中，王稼祥以第二名当选。

由于中央委员落选，自然不能进入中央政治局或书记处，这在王稼祥的革命生涯中是一个重大的转折和考验。当时他正在病休中。许多同志，包括朱德、彭德怀、李富春、杨尚昆在内，先后来看望他，一方面来询问他的病情，一方面也对他进行安慰。他笑着迎接大家，从不谈及此次落选之事。

王稼祥泰然处之对待落选，充分体现了他能上能下，把党的利益、人民的利益放在第一位，毫不考虑个人得失的一个真正共产党人的本色。

1946 年 2 月，王稼祥、朱仲丽离开延安，前往北平。这一次是以北平军调处执行部中共方面顾问的名义，乘坐美国飞机去的。在北平待了一段时间，中央来电，让他去张家口治疗。在延安的毛泽东亲自过问王稼祥的病情，打电报给聂荣臻司令员转王稼祥，要他去苏联治病。1946 年 8 月 10 日，王稼祥到莫斯科。这是王稼祥第三次到莫斯科。

王稼祥夫妇住在高尔基大街上的柳克斯公寓。刚住下，便得知罗荣桓和夫人林月琴带着两个孩子刚从山东辗转来到了莫斯科。王稼祥听说后，三步并作两步来到罗荣桓的住地。原来，王稼祥和罗荣桓在中央苏区时就已相识。王稼祥任红军总政治部主任时，罗荣桓为红一军团政治部主任，曾担任总政治部动员部部长。因为罗荣桓的病情加重，中央安排他来苏联治疗。现在阔别多年的老战友见面，又在异国他乡的土地上重逢，怎能不高兴呢？

经苏方安排，王稼祥和罗荣桓很快住进了皇宫医院。医生对王稼祥的 X 光烧伤溃疡做了外伤切除手术，敷上了专门配制的外敷药，效果很好，很快长出了新肉。罗荣桓被确诊为左侧肾癌，做了一侧肾脏切除手术。在施行手术期间，王稼祥充当罗荣桓的俄文翻译，同医生交谈。在医院医护人员的精心治疗和护理下，王稼祥、罗荣桓顺利地出院了。

当时在莫斯科读书的中国留学生经常来旅馆看望王稼祥和罗荣桓。王稼祥在同留学生们交谈中，得知了贺子珍的下落——她被关在伊凡诺夫城的疯人院。这使王稼祥非常震惊，也非常难过。早在中央苏区时，王稼祥就认识贺子珍，对她的革命经历有所了解。

贺子珍后来参加了二万五千里长征。1938 年，由延安到达莫斯科。她一边在东方劳动大学政治班学习，一边治病。苏德战争爆发后，贺子珍带着女儿娇娇撤退到伊凡诺夫城。这是苏联的一个边远城市，距莫斯科有几百公里，天气寒冷，物资匮乏，每天只发几两黑面包。她宁肯自己挨饿，也把面包留给女儿吃。娇娇后来被送进城里的国际保育院，在那里患了肺炎，差一点死去。贺子珍因此对保育院失去信任，不肯让女儿全托在保育院。她白天送去，晚上接回。凶悍的保育院院长认为这违反了保育院的制度，同贺子珍争吵起来，并且很激烈。最后院长竟诬说贺子珍是"疯子"，她被剃去头发，送进了疯人院。

听了贺子珍的遭遇，王稼祥拍案而起，太不讲人道主义了！他向苏联方面提出要把贺子珍接出来。遭到拒绝后，他不灰心，又坚持第二次提出，苏方被迫同意。

后来贺子珍随王稼祥夫妇回国,中共中央东北局为她安排住处。中华人民共和国成立后,贺子珍一直住在上海。1974年,王稼祥逝世不久,朱仲丽到上海,去看望了当时居住在上海的贺子珍。贺子珍听到王稼祥逝世的消息,长叹一声,沉默不语,好一会儿才凄楚地说:"这么多年不见面了,你们在北京,我只能在上海。如果不是稼祥从疯人院把我救出来,又从苏联带回国,只怕早死在异国了"。粉碎"四人帮"后,贺子珍在上海安度晚年,于1984年4月19日在上海逝世。

而王稼祥从莫斯科出院后,去南俄一所疗养所疗养。经过一段时间的疗养,王稼祥脸庞渐渐丰满了,人也变得年轻了。这时,王稼祥的心早已飞回到祖国波澜壮阔的解放战争的战场。1947年春夏之交,他谢绝继续疗养,和朱仲丽、贺子珍母女一起,回到了祖国。

1947年5月下旬,王稼祥一行回到哈尔滨。

哈尔滨是座美丽的城市,坐落在松花江畔,是我国东北地区水陆交通枢纽和物资集散地,是我党领导下的第一个大城市。所以,正确执行党的城市政策特别重要。但是由于对管理像哈尔滨这样大的城市缺乏经验,中共哈尔滨市委内部在执行政策上分歧比较大、争论比较激烈。

正当市委内部争论激烈的时候,王稼祥从苏联治病回来了,组织上任命他为东北局城工部部长。

对于城市工作,王稼祥并不陌生。1932年2月,当红军准备攻打赣州时,临时中央曾打算把苏区中央局和苏维埃政府迁赣州,身为红军总政治部主任的王稼祥曾经对红军进城后如何管理好城市、执行党的正确路线和方针政策,进行了认真准备。并于2月15日以红军总政治部名义下发《关于赣州工作给三军团政治的一封指示信》。尽管当时《指示信》中的许多原则和政策没有付诸实践,但对管理好东北的城市有一定的参考价值。

王稼祥上任后,组织了一个精干的工作机构:李大章任副部长,朱光任秘书长,工作人员有徐彬如、韩进、吴铎、赵西岳、席道崇等,并由席道崇任王稼祥的秘书。王稼祥决定以指导哈尔滨市的工作为起点,从中取得经验,以点带面。

在充分了解各方面的情况后,王稼祥明确表态,支持哈尔滨市委的工作。他认为,进城后一定要抓生产,组织市民搞生产,不能首先搞斗争不抓生产;对旧政权的改造要有计划有步骤地进行,不能彻底砸烂,不能影响城市经济的恢复和发展;社会生活、公共卫生、城市交通都要保持正常,不能妨碍生产、妨碍支援战争;农民进城要有个限制,不能让其自行其是;工商业资本家按土地法规定,农村财产交农民分配,城市财产不能动。他的这些主张是比较符合当时实际情况的。

哈尔滨市委在王稼祥指导下,有意识地把几个有代表性的资本家保护起来,使哈尔滨市的工商业免遭破坏。市委将这些资本家保护起来,使他们能够正常生产和营业。至于他们在企业内部压迫工人的一套办法,则通过政府的法令和内部改革(如给职工以民主权利等),采取说理的办法去解决。这样一来,中小资本家就比较稳定了,生产秩序逐步恢复。

在当时的情况下,各方面对哈尔滨市委的责难很多,市委感到压力很大。有人在开大会时点哈尔滨的名,说是代表资本家的利益,在外县工作的有些同志也有同感。市委在王稼祥的支持下,顶住了各方面的压力,始终坚持党的正确方针:发展生产,繁荣经济,公私兼顾,劳资两利,使社会和生产秩序得以维持。当年任哈尔滨市长的刘达评价说:

> 哈尔滨这个城市能够保存下来,后来在解放战争中还起了相当的作用,同稼祥同志回来领导我们工作,有相当关系。王稼祥同志在不到2年时间内,对我们帮助很大。

在调查研究的基础上,王稼祥起草了《城市工作大纲(1948年6月)》。这个《大纲》从东北解放区城市工作的实际出发,集中群众智慧,集中反映了他对城市工作的观点和主张,是实事求是的思想路线的产物,已经编入《王稼祥选集》。他在《大纲》中提出的观点和主张,经过实践检验,证明是正确的。

在王稼祥的履历上有一段经历需要提及:他曾代理东北局宣传部部长。这段时间很短暂,从1948年8月底至1949年2月,共约6个月时间。

东北局向中央的请示电是这样的:

> 凯丰病势甚危,提议出国治病。宣传部长职暂时只能由王稼祥代,但王现在也在病着。

中央复电同意。于是王稼祥走马上任。当时宣传部副部长是李大章、郭述申,秘书长为刘芝明。

上任伊始,第一件事就是抓教育。东北地区的教育工作原来就有相当的基础,由于东北全境解放,为新中国培养建设人才的任务被提到议事日程。东北人民政府设有教育部,主要管中小学教育。但王稼祥指出仅此是不够的,要抓高等教育。为此,在东北局下面设立了大学工作委员会,由郭述申兼任主任,邹鲁风任副主任。

王稼祥对待干部问题公道、正派。当时,高岗在东北局的领导工作中闹宗派。郭述申1947年年底调到东北局宣传部,分管画报工作,在画报上曾刊登了抗联将领(有的牺牲了,有的还健在)的照片。高岗看了以后,竟责问为什么不登东北局领导人的照片,从此对郭述申很有成见。但王稼祥顶住了高岗的压力。在他担任代理部长期间,中央召开一个有各中央局宣传部负责同志参加的会议,他派郭述申参加。虽然由于高岗的作梗未去成,但可见他对同志的公道。

由于新中国和苏联的特殊关系,王稼祥十分注意办好俄语学校,重视俄语人才的培养。戈宝权回忆起他和王稼祥初次见面的情况:

> 回想起来,我第一次见到稼祥同志,还是1949年初的事。那时我秘密离开了正处于白色恐怖下的上海,来到刚解放不久的沈阳。当我到东北局组织部报到时,他们要我到凯宁饭店去拜望东北局宣传部部长王稼祥同志。我找到凯宁饭店,稼祥同志在自己的办公室里亲切地接见了我,并留我在饭店暂住。稼祥同志当时对我说:"北京还没有解放,沈阳也没有多少事可做。我们在哈尔滨和大连两地办了两所俄语学校,你先去看一看,为他们讲点课,帮助他们做些事。"于是我就出发到哈尔滨去。在哈尔滨的外国语学校,我见到了校长张锡畴、副校长王季愚和教务长赵洵,得到他们的热情招待。我在哈尔滨度过了难忘的一个月,为师生们讲了俄语和俄国文学与苏联文学的课。回

到沈阳时,北京已经解放,我当即随同东北妇女代表团在3月中旬到了北京。

当时形势的发展日新月异。1949年1月14日和31日,天津、北平先后解放。中共中央准备在河北省平山县西北坡村召开七届二中全会,王稼祥于1949年2月离开沈阳前往西北坡,他的职务由李卓然担任。

二、驻苏大使

1949年的春天,形势发展很快。由于人民解放军已取得辽沈、淮海、平津三大战役的胜利,中国革命正处于胜利的前夜。为了夺取全国胜利,制定胜利后的各项方针政策,中共中央决定在西柏坡召开七届二中全会。

3月5日至13日,七届二中全会在河北平山县西柏坡村召开。出席这次会议的有中央委员34人,候补中央委员19人,列席的重要工作人员11人,因为交通条件等原因缺席的中央委员和候补委员共20人。毛泽东在会上做了报告和总结。

毛泽东在会上提出了党的工作重心由乡村转移到城市的问题,并且分析了中国的经济状况,阐述了新中国的对外政策。最后他提醒全党要防止因胜利而骄傲、以功臣自居、停顿起来不求进步、贪图享乐不愿再过艰苦生活等情绪的滋长,要警惕别人用糖衣裹着的炮弹的攻击。他说了一句名言:"夺取全国胜利,这只是万里长征走完了第一步。"在报告的最后,他宣告:"我们不但善于破坏一个旧世界,我们还将善于建设一个新世界"。

王稼祥在会议的发言中,表示完全同意毛主席的报告。他的发言分为两部分,第一部分是整风的自我检查,第二部分是关于由乡村转向城市的几点意见。在整风运动中,由于生病,他错过了在整风中做自我检查。早在1945年4月,他在写给毛泽东的信中就说以后会补做这个工作,他觉得这是一个共产党员向党所做的庄严承诺。在讲到关于工作重点的转移时,他谈了4点意见,主要是需要有城乡一体、工农一体的观念,从实际出发进行调查研究,减少城市人口以及几种经济形态等。

　　王稼祥最后满怀信心地说:"对城市,我们是能够管得好的,现在我们接管的一些较老的城市,并不比国民党管得坏。"

　　在这次全会上,王稼祥由候补中央委员递补为正式中央委员——因为在33名中央候补委员中,他名列第二。

　　王稼祥递补的原因是这样的:原中共七届中央委员陈潭秋,其实在七大召开时已经牺牲。他是1943年9月27日被新疆军阀盛世才秘密杀害于迪化的。由于消息隔绝,不知他已不在人世,所以在1945年仍被中共七大选为中央委员。原中共七届中央委员王若飞和秦邦宪,1946年4月8日由重庆飞延安时因飞机失事,遇难于山西兴县东南之黑茶山。原中共七届中央委员关向应,于1946年7月21日病逝于延安。这样,有4人得以递补,除廖承志、王稼祥、黄克诚3人外,还有"文革"中大红大紫的人物、自称"小小老百姓"的陈伯达。

　　会议闭幕后的第二天,毛泽东约王稼祥单独谈话。

　　毛泽东说:"会议开完了,接着要进行人事安排。你不必回东北局了,有任务给你。"他给王稼祥点了一根雪茄烟,接着说:"有两个工作,中央是想让你去做的,看你愿意做哪一个"。显然,毛泽东有所考虑。

"请主席决定好了。"王稼祥回答说。

"一个是中央宣传部长,一个是驻苏大使兼外交部第一副部长。时间都很紧迫,两个工作都很重要,都适合你来担任。"

王稼祥慎重地说:"主席,请给我一天时间考虑一下。"

"那好,你考虑好了就告诉我。"毛泽东最后说。

第二天,王稼祥向毛泽东汇报了自己的选择:当驻苏大使!这是他经过深思熟虑做出的选择。他向夫人朱仲丽解释自己选择的理由:

"宣传部的工作,我完全可以胜任,我有经验。外交工作呢,我进入中央苏区以后,1931年就兼任外交人民委员。从党的需要而言,出任大使,比在党内搞宣传工作更有实际意义。因为,我在共产国际任过中共代表,对苏联党的情况熟悉,俄语不成问题。"

在七届二中全会前的一个月,北平已和平解放,这个千年古都回到了人民手中。

3月23日,中共中央、中央军委机关、解放军总部迁往北平。毛泽东和朱德还检阅了人民解放军。从此,北京成为中国的红色的政治中心。

到北平后,王稼祥住在香山。他的住处在香山较高处的枫树林里。往下走,经过两三个小山坡,就到了毛泽东的住处。

内定为驻苏大使的王稼祥全身心地投入大使馆的筹建工作。他到处收集资料,找人谈话,物色人选。王子野原是他的秘书,能够阅读和翻译俄文材料,研究能力也强,王稼祥希望他去驻苏使馆工作,但王子野希望搞宣传出版工作,只好作罢。后来周恩来亲自点将,安排戈宝权去使馆工作。

1949 年 5 月上旬,中共中央决定,派出由刘少奇为团长的中共中央代表团秘密访问苏联,向斯大林、苏共中央通报中国革命的进程,商谈有关建立新中国的问题。代表团成员有王稼祥、高岗,翻译为师哲,秘书为邓力群、戈宝权、黄韦文,以及一批机要人员。

6 月 21 日,代表团从北京清华园车站出发,经过 5 天的行程,于 6 月 26 日到达莫斯科。第二天晚上 11 点至 12 点,斯大林就和苏共中央政治局委员莫洛托夫、马林科夫和米高扬一道,会见了刘少奇及代表团的另外两位成员,即中共中央政治局委员高岗、中共中央委员王稼祥。

互致问候之后,斯大林首先表示对毛泽东身体健康的友好祝愿。刘少奇当即感谢斯大林的关心,并递交了毛泽东给斯大林的亲笔信。在这封信里,毛泽东对苏联给予中国共产党的巨大帮助,向斯大林表示了感激之情。

双方落座后,很快开始就共同关心的问题交换意见。从俄方最近公布的档案看,这次会谈共交换了 4 个问题,即美元贷款问题、向中国派遣专家问题、军事援助问题、帮助建立莫斯科至北京空中航线问题。

首先谈到的是 3 亿美元贷款。早在 1949 年米高扬秘密访问中国时,毛泽东就已经明确地提出了这个请求,要求在 1949 年到 1951 年 3 年内得到本息 1 亿美元的贷款,以帮助新中国恢复经济,缩短过渡期。苏方研究后,斯大林复电表示了赞同的意向,但提出最好分期 5 年,年利率可以按 1% 计算。对此,斯大林笑着说:"毛泽东同志在他的电报中曾表示,对于这样的贷款,1％的年利率太低了,应当提高。的确,苏联向东欧国家提供贷款的年利率是 2％,提供给中国的贷款利率少了一个百分点,但这是因为中国的情况与东欧国家不同,他们那里没有战争,经济也比较稳固,而你们中国还在打仗,经济持续恶化。因此,对中国应当按照更优惠的条件提供大的帮助。当然,"他开玩笑地说,"如果你们坚持高一些的年利率,那就是你们的事情了,我们可以接受。"

接下来谈的是向中国派遣专家的问题。斯大林对此答复很痛快,说可以派出第一批专家。只是希望中国以给中国高水平优秀专家的报酬标准给苏联专家提供报酬,既不要超过,也不要低于这个标准,不足的部分由苏联政府予以补足。

在谈到有关军事援助的问题时,斯大林主动表示愿意派遣专家或提供扫雷艇,帮助中国清除上海港口水面国民党军队撤退时布下的水雷。同时,他强调不要拖延进军新疆的时间,以免引起英国对新疆事务的干涉,因为他们甚至可能煽动起穆斯林,包括周边国家的穆斯林,进行反对共产党的内战。其实,苏联最不愿意看到英国人插手新疆的事。不过,斯大林的理由冠冕堂皇:"因为新疆有储量丰富的石油和棉花,而这些正是中国所急需的"。

至于苏联帮助建立莫斯科至北京空中航线这个问题,斯大林提出可以帮助中国建立飞机装配修理工厂,向中国提供"最新型的歼击机"。

可以看出,斯大林对这次谈话结果相当满意,许诺也很爽快,以致有的许诺多少有点说漏嘴,比如关于"最新型的歼击机"这个问题。当时苏联已经能够批量生产最新型的米格—15 歼击机,向中国提供这种最新型的歼击机，显然是不可能的。因此，在随后审定谈话纪要时，斯大林不得不把"最新型的歼击机"中的那个"最"字画掉了，也就是说，苏联至多只能向中国提供米格—9。只是到了朝鲜战争爆发后，实战证明米格—9比不上美国的歼击机时，斯大林才把这个决定改了过来。

在谈话即将结束之际，刘少奇郑重地提出了一个请求，即希望能够有机会向斯大林全面报告一次有关中国的政治、军事和经济形势的问题，并就一系列问题交换看法。斯大林对刘少奇的建议明确表示赞同，并同意给代表团三四天时间来准备这个报告。

为准备这个报告，代表团实际上花了将近6天的时间。王稼祥也参与起草了这个报告，花费了巨大的心血。共汇报了"中国革命目前的形势""新的政治协商会议与中央政府""外交问题"以及"苏中关系问题"等4个方面的内容。

斯大林对报告中有关外交方面的内容很关注，对报告中说明的政策和方针相当满意，一连批了8个"对""好"或"是的"，并画了不下15条着重线。当看到报告中提出希望在外交问题上得到斯大林和联共（布）中央帮助这段话时，斯大林特别批了一个"好"字。

关于中苏关系，报告中毫不隐讳地谈了几个问题。

第一是如何解决1945年国民党政府与苏联政府签订的《中苏友好同盟条约》的问题。根据中共中央的意见，刘少奇提出了3种处理办法：一是全部承认这个条约继续有效，不加任何修改；二是重新签订一个新条约；三是暂时维持旧条约，在适当时候加以修订。斯大林的态度是："等毛泽东到莫斯科后再决定这个问题。"

第二是有关苏军在旅顺驻兵的问题。米高扬在西柏坡时曾转达了斯大林的意见,即一旦对日结束战争状态,苏军即可撤军。对此,中共中央明确表态:"当我们自己还不能防守自己的海岸时,如果不赞成苏联在旅顺驻兵,那就是对帝国主义的帮助"。

第三是有关外蒙古独立的问题。毛泽东在西柏坡时曾经特别表示过希望外蒙古回归中国版图的愿望,但斯大林表示了否定的意见。因此,报告中明确表示"应该承认外蒙古独立",但还是委婉地提出,希望外蒙古人民自己决定是否愿意"与中国联合",如果愿意"我们自然欢迎"。

7月11日晚10点,苏共中央政治局在克里姆林宫召开会议,邀请中共中央代表团出席。斯大林很高兴地向刘少奇介绍了参加会议的苏方成员,并解释说有几位政治局委员休养去了,因此到的人还不全。会议邀请了几位军人参加,因为中国代表团的报告中提到了一些军事方面的问题。

在会上,斯大林对报告提出的问题做了概要的、全方位的解释。

他似乎很欣赏毛泽东关于不忙于同帝国主义国家发生关系的主张。他表示,还是不要急于要求帝国主义国家承认的好,这样更便于观察和了解情况,看他们表现如何。

在斯大林当天的讲话中,有一段话值得注意。这就是在刘少奇反复谈到中共中央希望得到斯大林和联共(布)中央的指示时,斯大林声明说:"一个国家的党服从另一个国家的党,这是从来没有过的,而且是不许可的。两党都要向自己的人民负责,有问题互相商量,有困难互相帮助,谈不到哪一个服从哪一个"。

7月27日,斯大林最后一次会见刘少奇及中共代表团。参加会见的有刘少奇、王稼祥和高岗,苏共方面是斯大林、布尔加宁和华西列夫斯基等人。

在会晤中，斯大林提到中共对美国和西方国家的外交政策问题以及各国共产党之间的关系问题，等等。他承认，1945年他力主毛泽东去重庆谈判，是因为美国对苏联的影响。因为美国人不断在问：中国国民党要和平，为什么中国共产党不要和平？

在当天晚上的宴会中，斯大林主动提议为中国革命的胜利，为毛泽东以及中共其他马克思主义的领导人的健康干杯。并且，他说了一句今天我们耳熟能详的话："胜利者是不能受审判的，凡属胜利了的都是正确的"。

在访问期间，刘少奇、王稼祥派遣邓力群去新疆执行一项特殊任务。

原来在中苏两党会谈时，苏方通报了新疆的情况。当时美国有人在鼓动西北"五马"军阀把部队撤退到新疆，策划成立"土耳其斯坦共和国"。如果他们的阴谋得逞，解放新疆本来是国内战争的问题将变成国与国之间的问题，会使情况变得复杂和困难。苏方建议提前解放新疆。本来，中央曾打算于1950年解放新疆，考虑到这种情况，决定提前解决新疆问题。由于时间紧迫，从国内派人已经来不及了。这是邓力群担任中共中央联络员、接受去新疆任务的原因。邓力群回忆说：

> 一开始，先由稼祥同志同我谈的。他说：给你一个任务，新疆10个地区，现在3个区（伊犁、塔城、阿勒泰）进行革命，自成局面，同国民党7个区对抗，互相对峙。这3个区同苏联靠近，现在要同3个区革命建立联系，牵制国民党，为新疆解放做好准备，从国内派人去已经来不及了，中

央决定由你去。随后,在稼祥主持下,请苏联一个了解 3
区情况的人向我作介绍,介绍了一两个小时。稼祥同志要
我带 1 部电台和 3 名报务员去,同北京、同莫斯科联系,发
电北京同时发驻苏大使馆。至于我到新疆工作要多少时
间,并没有说。

临行前,刘少奇向邓力群交代了工作纪律。

8 月 14 日,刘少奇结束了对苏联的访问,踏上了归国的列车。
王稼祥则仍留在莫斯科,帮助刘亚楼、张学思同苏方洽谈创办航校、
海校事宜。刘少奇在同斯大林的会谈中,曾提出苏联协助解放军解
放台湾的问题,斯大林表现得特别谨慎。他否定了苏联海空军直接
参战的可能性。于是刘少奇将中共中央要求提供作战飞机、协助训
练飞行员的建议转达给斯大林。斯大林当即委托华西列夫斯基元
帅协助中共代表团解决这方面的问题。空军司令员刘亚楼等人是
来莫斯科商谈援助的具体细节的。8 月 9 日,刘亚楼等到达莫斯
科,在王稼祥、刘亚楼等人的努力下,与苏联军方达成了协议。根据
协议规定,苏联向中国出售 434 架作战飞机、派遣 878 名飞行员,并
帮助开办 6 所航空学校。

王稼祥还同戈宝权研究了筹建大使馆各项事宜。戈宝权回忆
说,他曾随同王稼祥访问过苏联的文化和电影部门,此外还谈过有
关中华人民共和国成立后筹建大使馆的问题。

不久,因为要参加全国政治协商会议,王稼祥回国。戈宝权则
以新华社常驻莫斯科记者的名义留在莫斯科,进行筹建驻苏使馆的
工作。

1949 年 10 月 21 日,《人民日报》发表了一篇重要社论:《把中

国人民的友谊带到苏联去——欢送王稼祥大使离京赴苏》。文章说：

> 中华人民共和国第一任驻苏大使王稼祥已于20日离开北京，到苏联首都莫斯科去就任了。
>
> 这是中国人民第一个真正能代表自己的意志的外交使节的出国，又是到新中国的第一个友邦苏联去。
>
> 10月2日，中苏开始建交。10日，罗申大使抵达北京。20日，中国人民第一次为自己的大使送行。我们完全信任王大使，相信他能够很好地完成中央人民政府和人民给他的巩固发展中苏友好关系的光荣使命。王大使曾留学苏联，对苏联是熟悉的；回国后，在土地革命时期的江西，直到抗日根据地陕北，长时期和人民在一起艰苦斗争，现在并已荣任中华人民共和国中央人民政府政务院外交部副部长。因之我们相信他能最充分地代表中国人民的意志。王大使出国了，中国政府和人民交给他带到苏联的，就是对苏联政府和人民的至诚的友谊，和对世界和平民主阵营的领导者斯大林大元帅的崇高的敬意！

这是新中国第一位大使出使的第一篇社论，其意义非同凡响。

关于王稼祥的履任，经过是这样的：

1949年10月1日，首都30万军民在天安门广场集合，隆重举行开国大典。中央人民政府主席毛泽东亲手升起了第一面五星红旗，庄严宣告中华人民共和国成立，并宣读中央人民政府公告。公告宣布："本政府为代表中华人民共和国全国人民的唯一合法政府，凡愿遵守平等、互利及互相尊重领土主权等项原则的任何外国政府,本政府愿与之建立外交关系。"

当天下午,中央人民政府政务院总理兼外交部部长周恩来,用公函向各国政府发出了毛泽东主席的公告。

第二天,苏联外交部副部长葛罗米柯受苏联政府的委托,照会电告周恩来部长:

> 苏维埃社会主义共和国联盟政府业已收到中国中央人民政府本年 10 月 1 日之公告,其中建议中华人民共和国与苏联建立外交关系。苏联政府在研究了中国中央人民政府的建议之后,由于力求与中国人民建立真正友好关系的始终不渝的意愿,并确信中国中央人民政府是绝大多数中国人民的意志的代表者,故特通知阁下:苏联政府决定建立苏联与中华人民共和国之间的外交关系,并互派大使。

同时葛罗米柯又代表苏联政府向国民党广州政府驻莫斯科的代办发表声明,断绝与广州的外交关系,并自广州召回其外交代表。

10 月 3 日,外交部部长周恩来电告葛罗米柯:

> 中华人民共和国中央人民政府深信苏联政府具有对中国人民的深厚友谊,今天又成为承认中华人民共和国的第一个友邦,中国政府和中国人民对此感到无限的欢欣。我现在通知阁下:中华人民共和国中央人民政府热烈欢迎立即建立中华人民共和国与苏联之间的外交关系,并互派大使。

接着，中国政府于 10 月 5 日任命外交部副部长王稼祥为首任驻苏特命全权大使。苏联政府也任命罗申为苏联驻中华人民共和国特命全权大使。

10 月 10 日，罗申大使到达北京，周恩来外长和王稼祥大使等都到北京火车站迎接。10 月 16 日，罗申大使向毛泽东主席呈递了国书。

10 月 20 日下午 7 时，毛泽东主席设宴欢迎罗申大使，王稼祥出席作陪。3 小时后，王稼祥即率领公使衔参赞曾涌泉等 9 人乘专车去莫斯科。

经过 10 天的长途跋涉，王稼祥一行于 10 月 31 日抵达莫斯科。在雅罗斯拉夫斯基车站迎接的有苏联外交部副部长葛罗米柯、莫斯科苏维埃主席波波夫、阿尔杰米也夫准上将、莫斯科卫戍司令西尼洛夫中将和斯拉温中将以及苏联外交部的官员、各建交国的使节。

第二天，王稼祥拜访苏联外交部副部长葛罗米柯，商谈向苏联最高苏维埃主席呈递国书的事宜。

11 月 3 日，王稼祥大使向苏联最高苏维埃主席团主席呈递了国书。对这一历史性的时刻，王稼祥曾有专电致周恩来，报告呈递国书经过：

> 我于 31 日晨抵此，翌日下午即拜访苏外交部副外长葛罗米柯，商谈关于递呈国书的事宜，并将国书副本、我的祝词以及参加递呈国书典礼人员名单当面交去。2 日晚，苏外交部交际司来电话通知，递呈国书典礼于 3 日正午 1 点举行。当即驱车至苏外交部拜访交际司副司长布舒耶夫及该司参事马特维耶夫，询问递呈国书时各项礼节。3

日午 12 时半,苏外交部(以)苏联最高苏维埃主席的汽车来接我,与交际司副司长布舒耶夫同乘一车。曾、徐、戈 3 参事,边武官,及张秘书同乘使馆之车前往克里姆林宫。当车抵克里姆林宫的鲍罗维兹基门时,克里姆林宫的卫戍司令来行军礼迎接,然后再乘上自己之小汽车,引导前进。及抵苏联政府大厦的门前时,政府大厦的卫戍司令官来车前迎接,与各人握手致敬后,我即与该卫戍司令官及交际司副司长布舒耶夫乘电梯至 3 楼,其他各人则循扶梯而上。此时,各人俱在更衣室脱去上衣。由苏外交部交际司帮办巴斯托耶夫及辙尔斯土柯夫迎接,引导至主席之办公室。

走入办公室,苏外交部交际司副司长布舒耶夫先介绍我与办公室主任库斯尼卓夫相见,再介绍与苏外交部远东司副司长库尔久柯夫及该司帮办谢斯杰尼柯夫等人相见。相互寒暄后,库斯尼卓夫即走进苏联最高苏维埃主席室,向什维尔尼克报告。瞬息,接见外国使节,厅房之门则开,什维尔尼克立于该厅房之另一端,其左为苏联最高苏维埃主席团秘书高尔金,其右为苏外交部副部长拉甫伦杰耶夫及远东司一等秘书达克鲁杰柯夫。在达的护随下向什维尔尼克所站的地位前进,至相距 4 步处停下。曾徐戈 3 参事、边武官、张秘书均按官衔高低,与苏外交部人员交错立于我之后方。递呈国书的典礼即正式开始,交际司副司长布舒耶夫先将我介绍给什维尔尼克。我随即宣读祝词,由达读俄文译文。此后,即将国书正式递上。什维尔尼克在接国书后，即作答词，亦由达译为中文。

答词完毕后，什维尔尼克即介绍我与拉甫伦杰耶夫及高尔金两人相见。我则介绍曾徐戈3参事、边武官、张秘书与彼等相见。此后，什维尔尼克邀请我至其办公室作私人谈话，参加者为拉甫伦杰耶夫、曾参事及达等人。其他人均留在举行典礼的厅房中，与苏外交部人员谈话，及照相。私人谈话完毕，即至厅房拍全体相。此后即相继告别退出。计自进去至典礼完毕，共历时35分钟。

这份报告表明，王稼祥首战告捷。

驻苏使馆是一个精干、高效的大使馆，只有10来个人。人员虽少，但素质很高，尤其是几位领导骨干都经过长期革命战争的严峻考验，政治上坚定，又精通俄语。使馆内部一时人才济济。

驻苏使馆是新中国设立的第一个驻外大使馆。由于缺乏从事外交工作的经验，对外交礼节、礼宾程序不熟悉，王稼祥的建馆工作就从这里开始。首先组织使馆人员学习外交业务，利用晚上时间，邀请苏联外交部有关部门的负责人，为使馆人员讲授有关外交礼节、外交文书和法律条约等方面的课，王稼祥本人也亲自听课。事后将这些讲课记录整理出来，在实际工作中加以运用和充实。还把这些材料送回外交部，给外交部在编写外交礼节材料时做参考。王稼祥还组织使馆人员学习俄语，他特别强调，外交人员不懂所在国的语言，是无法履行自己的职责的。大使馆同时还开展了外交史和中苏关系史的研究工作。

外交工作必须严格执行外事纪律。王稼祥要求使馆人员事先请示，事后报告。参赞和秘书的对外活动，回来后统统要向大使汇报。使馆人员对外活动和平时外出实行二人同行制,不许一个人单独行动。出外散步也是这样。作为大使本人,他也不单独外出,总是要曾涌泉同他一块。

在外交活动上,虽然他能说一口流利的俄语,但仍要曾涌泉给他当翻译。曾涌泉不解地问:"你的俄文比我好,为什么要我当翻译?"

"外交上不能直接谈,再好的外文也不能直接谈,要经过翻译。你在翻译的时候,我就有时间思考,思考之后讲的话就更好。"王稼祥解释说。

王稼祥既是中国驻苏大使,又是负责同苏共中央联系、处理两党事务的中共中央代表。凡是同苏共中央的联系,由徐介藩协助他去做;凡是同苏联外交部的联系,由戈宝权协助他去做。职责分明,办事有序。

王稼祥当大使后,第一个重要的外交活动,就是参加 11 月 6 日晚在莫斯科大剧院举行的十月社会主义革命 32 周年的庆祝大会。第二天上午又参加了在红场举行的阅兵典礼和群众游行,晚上参加苏联外交部举行的盛大宴会。王稼祥大使文质彬彬、风度翩翩,夫人朱仲丽身穿旗袍,文雅而庄重,改变了人们眼里中国共产党人都是"土八路"的印象。

在外事交往中,王稼祥不卑不亢,有理、有利、有节。

有一次,他在拜访东欧某国大使时,这位大使很狂妄,愚蠢地引用西方国家出版的一本书里的话来攻击中国共产党。王稼祥立即当面予以回击:"帝国主义的话只会诽谤中国,只会挑拨中国和苏联之间的关系。"他觉得这位大使不该说这样的话,于是引用了中国的一句俗话:"狗嘴里吐不出象牙。这个问题该由西方帝国主义者来问的,而不应该出自兄弟国家的大使之口。"这位大使听了之后,涨红了脸,相当尴尬,一时说不出话来。

还有一次,王稼祥夫妇参加庆祝俄国十月革命的宴会,宴会由苏联元帅布琼尼负责接待。本来气氛颇为友好和热烈,但当宴会结束,王稼祥走出宴会厅的时候,却被一批苏联外交官包围,其中有人故意提出挑衅性的问题,竟和那位东欧某国大使说的一模一样!王稼祥气愤极了,理直气壮地告诉他们:"我们中国共产党人是长期同外国帝国主义做殊死斗争的人,你们为什么要这样说?!"这些外交人员显得很狼狈。

虽然是第一次当大使,从来没有从事外交,可王稼祥在外交上没有出过岔子。

王稼祥大使履任后的最主要工作,是为毛泽东主席访问苏联做好各种准备工作。

在毛泽东正式访问苏联之前,他曾经几次想访问苏联。

1947 年七八月间,斯大林看到西方通讯社报道关于国民党军队占领中共中央所在地延安,大批中共将领被俘的消息,曾急忙致电毛泽东,表示可以派专机去陕北接毛泽东等中央领导人暂避苏联。毛泽东访苏问题即由此而起。

在这前一个月,毛泽东就曾经通过当时苏方在中共中央的联络员阿洛夫医生致电斯大林,提出了希望访问莫斯科的明确要求。斯大林复电同意。后来由于在巴黎会议上欧洲国家分裂成两个对立的集团,斯大林觉得在这种情况下,很难正式接待毛泽东。他委婉地表示:"鉴于目前的战事,鉴于毛泽东离开岗位可能对战事有不利影响，我们认为还是暂时推迟毛泽东的访问为好。"

几乎一模一样的情况又发生在 1948 年四五月间。本来，毛泽东和斯大林商定，访问莫斯科的具体时间是 1948 年 7 月。但由于南斯拉夫事件和美国的一项声明，使斯大林对接待毛泽东迟疑不决起来。在实在找不到借口的情况下，斯大林干脆告诉毛泽东说："鉴于粮食征购工作开始，从 8 月起，领导同志分赴各地，要在地方待到 11 月，因此联共(布)中央请毛泽东同志把来莫斯科的时间定在 11 月底，以便能够同所有领导同志见面"。

看到电报内容之后，毛泽东再也按捺不住内心的疑惑了。他一面表示同意将访问时间推迟，一面毫不掩饰地提出他的疑问："难道苏联如此重视粮食征购工作，要党中央领导人全都出动？"

按照新约定的时间，毛泽东应该在 11 月下旬动身前往莫斯科。但 10 月底辽沈战役结束，接着淮海战役打响，毛泽东无法按预定时间赴莫。11 月 21 日，他致电斯大林，请求将访问时间推迟到 12 月底。想不到的是，斯大林又发出婉拒的电报，并说将派一位政治局委员去中国。毛泽东复电同意。斯大林当即派苏共中央政治局委员米高扬来中国会晤毛泽东。

1949 年 1 月 31 日，米高扬飞抵石家庄，随即转乘汽车至西柏坡中共中央驻地。当天，毛泽东与刘少奇、朱德、周恩来、任弼时等会见米高扬。其后，毛泽东与米高扬多次会谈。在会谈中，毛泽东表示要将革命进行到底，建立新政权，还介绍了即将召开新的政治协商会议。关于中国对外政策，是打扫好房子再请客，真正的朋友可以早点进屋子里来，但别的客人得等一等。2 月 7 日，米高扬离西柏坡回国。

从以上介绍可以看出,双方在一些重大问题上需要沟通,以消除误会。

1949 年 12 月 16 日,世界舞台上发生了重大的外交事件:毛泽东访问苏联。

这是中华人民共和国成立后对外关系史上的一件大事,也是中国外交史上的一件大事。王稼祥和使馆的全体工作人员,为办好这件大事做了充分的准备。

本来,王稼祥作为大使应该陪同毛泽东一块来莫斯科,但途中来回需 20 天,而使馆的事又实在脱不开身。根据中央的意见,12 月 15 日,当毛泽东的专列抵达莫斯科东北约 200 公里的基洛夫车站时,王稼祥专程在此迎接并登上专列,陪同自己的国家元首一起去莫斯科。

12 月 16 日,毛泽东乘坐的专列抵达莫斯科。苏联方面巧妙地安排了专列抵达莫斯科车站的时间——中午 12 时。这样,当列车刚刚停稳,克里姆林宫的大钟便发出悠扬的 12 响当当钟声。

苏联给予毛泽东以最高规格的礼遇。除了斯大林之外,苏联的最高党政军领导人都出现在月台上的欢迎行列里。那时的斯大林作为苏联领袖,已经立下规矩,不去车站或机场迎送客人。各国驻苏大使、记者也云集车站。仪仗队向毛泽东投来注目礼。由于天气寒冷,令人难以适应,车站上隆重的欢迎仪式很快结束。毛泽东发表了简短的书面谈话。欢迎仪式结束后,王稼祥陪同毛泽东来到莫斯科西南部 27 公里外的斯大林的别墅——姐妹河别墅下榻。

这是一座苍松翠柏环绕的住所,环境优美。房屋结构严谨结实,不但有布置华丽的会客室、饭厅和卧室,还有一层能避飞机大炮的坚固的地下室。这座讲究的住所,是斯大林在第二次世界大战中居住过的。另外,斯大林还在克里姆林宫为毛泽东安排了另一处住所。

就在毛泽东抵达莫斯科的当天下午 6 时,王稼祥陪同毛泽东前往克里姆林宫,见到了形象熟悉、头发已花白的斯大林,斯大林和苏共政治局全体委员来见毛泽东,斯大林见到毛泽东的第一句话便是:"想不到你是这样的年轻和健壮!"

毛泽东说道:"这么多年来,我真要向您诉苦啊!"

斯大林对毛泽东说了一句充满歉意的话:"你们已经取得了伟大的胜利,而胜利者是不受指责的。"这句话含义是深刻的。因为斯大林曾支持过王明的"左"倾机会主义路线,曾在 1949 年劝说毛泽东接过和平旗帜,也曾怀疑过毛泽东在中共七大提出的联合政府。

"你们需要我们为中国做些什么事情?"斯大林问。

"需要,非常需要,需要最好看的,最好吃的。"毛泽东诙谐地说。

毛泽东主席这次访问苏联,主要任务是:参加斯大林 70 寿辰庆祝活动,就中苏两党、两国共同关心的问题交换意见,商谈和签订两国之间的条约、协定,并商议与解决有关两国利益的若干具体问题。

王稼祥尽力使毛泽东访苏的任务圆满完成。对此,曾涌泉回忆说:

> 稼祥同志认真组织和动员全馆人员,把使馆人员的全部力量用来做好毛主席这次访苏的工作。在毛主席到达莫斯科之前,头一天他就顺着西伯利亚铁路到几百公里以外,去迎接毛主席,为的是要有充分的时间向毛主席汇报,使他了解苏联的真实情况。毛主席到莫斯科后,他离开了

使馆,把使馆的日常工作交给我。他住在毛主席那里,专门协助毛主席工作。对毛主席的各种活动,都用尽全力来做好,甚至毛主席给斯大林送的礼品,稼祥同志都带领使馆同志亲自去检查,工作做得很细致。

抵达莫斯科之后的第五天,恰逢斯大林70大寿,王稼祥随着毛泽东出席了在莫斯科大剧院举行的隆重的祝寿大会。毛泽东居于各兄弟党的领导人队伍之首,发表了祝词。

之后,毛泽东与斯大林举行会谈。斯大林的生活习惯与毛泽东相似,喜欢夜间工作。他与毛泽东的会谈,总是在夜间。参与会谈的,中方是王稼祥、毛泽东的秘书陈伯达、翻译师哲;苏方有苏共中央政治局委员,还有外长维辛斯基。中苏双方一度未能很好地沟通关系,出现了僵局。后来斯大林干脆不照面,把毛泽东冷落在那里。毛泽东到莫斯科后,除了一些参观活动、检查身体,再就是由驻华大使馆参赞、中文翻译费德林陪着吃饭。

对这种状况,毛泽东很不满意。有一次,苏联驻华总顾问科瓦廖夫和费德林一起来看望毛泽东。毛泽东对科瓦廖夫发了一通脾气,说:“你们把我们叫到莫斯科来,什么事也不办,我是干什么来的?难道我来这里就是为天天吃饭、拉屎、睡觉吗?”此时,有家西方通讯社捕风捉影地说:斯大林把毛泽东软禁起来了。对此,苏方有些着慌,引起了高度重视。确实,中苏两国首脑的会见是一件划时代的大事,国际上对此也很重视,但许多天毫无消息,许多人感到难以理解,于是就出现了这家通讯社的报道。

还是王稼祥,关键时刻出了个高超的主意,一下打破了僵局。他提出以毛主席答塔斯社记者问的形式,在报上公布主席访问苏联的目的和情况。这个建议得到了大家的赞同,毛泽东也觉得主意不错。1950 年 1 月 1 日,毛泽东决定发表这个答记者问,1 月 2 日见报。

1950 年 1 月 2 日,苏共中央机关报《真理报》头版头条刊登《毛泽东在莫斯科答记者问》。《人民日报》第二天也刊登了。

毛泽东首先声明:"我逗留苏联时间的长短,部分地决定于解决有关中华人民共和国利益所需要的时间。"

记者问:"你现在考虑的是哪些问题?"

"在这些问题当中,首先是现在的中苏友好同盟条约问题,苏联对中华人民共和国贷款问题,贵我两国贸易和贸易协定问题,以及其他问题。"毛泽东还补充说,"此外,我还打算访问苏联的几个地方和城市,以便更加了解苏维埃国家的经济与文化建设。"

《答记者问》发表后,谣言不攻自破,缓和了谈判的气氛。师哲在回忆录中认为:"稼祥足智多谋,不愧为智囊。"就中苏谈判来说,王稼祥这个"智囊"下活了关键的一着棋。

果然,1 月 2 日下午 8 时,莫洛托夫、米高扬就到毛泽东住处谈中苏友好同盟条约的问题,莫洛托夫提议周恩来总理可以来莫斯科谈判签订。毛泽东预计周恩来于 1 月 20 日左右可以到达莫斯科。

这段时间里,王稼祥陪同毛泽东到苏联各地参观。1 月 11 日,王稼祥陪同毛泽东一起晋谒列宁墓,献了花圈,瞻仰了列宁的遗容,后与最高苏维埃主席团主席什维尔尼克相见。15 日,毛泽东一行到达英雄的城市列宁格勒,直接乘车来到波罗的海芬兰湾,参观海边十月革命的发源地喀琅施特达要塞,看到了"阿芙乐尔"号巡洋舰。毛泽东深有感慨地说:"伟大的十月革命从这里一声炮响,革命的潮流从此不可阻挡。"冒着大雪,他们去参观了列宁住过的茅草房。晚上8时又到基洛夫歌舞剧院观看列别杰娃主演的芭蕾舞《巴亚捷尔卡》,当晚下榻于斯莫尔尼宫。第二天,他们一行回到莫斯科。

1月20日,周恩来总理率领中国政府代表团到达莫斯科。代表团一行有17人,其中有东北人民政府副主席李富春、中央人民政府贸易部部长叶季壮、外交部苏联东欧司司长伍修权等。这是一个阵容庞大、颇为壮观的代表团。

周恩来到达的第二天,就同毛泽东、王稼祥一道参加了列宁逝世26周年纪念大会。1月22日,斯大林在克里姆林宫接见了周恩来总理。王稼祥和苏联外长维辛斯基也参加了会见。接见后,中苏双方举行会谈。

经过中苏双方反复协商谈判,《中苏友好同盟互助条约》终于完成了。2月14日,在克里姆林宫,斯大林和毛泽东亲自出席,周恩来和维辛斯基作为双方政府的全权代表,在条约文本上签字。

当晚,王稼祥大使和夫人朱仲丽为庆祝中华人民共和国中央人民政府主席毛泽东及政务院总理兼外交部部长周恩来访苏之行在大都会饭店举行盛大的鸡尾酒会,招待苏联党政军和各界人士,共有500多人出席。

斯大林能否出席,是这次宴会的焦点。因为斯大林历来没有到克里姆林宫以外的地方参加任何宴会,也没有参加过外国大使馆举办的任何招待会,这几乎成了惯例。王稼祥觉得,这次宴会最好能请斯大林参加。如果斯大林能出席,则标志着中国国际地位的提高,也为祖国争取了荣誉。

为此,在这天上午,王稼祥专门拜会了莫洛托夫,代表毛泽东主席送上一张请柬,并一再恳切地说:"莫洛托夫同志,我代表毛主席,代表5亿中国人民,请您将请柬亲自转交给尊敬的斯大林同志。今天晚上的盛大宴会,务必请斯大林同志莅临,因为这是我们中苏两国人民的心愿,也是世界各国工人阶级所盼望的。我个人也希望斯大林同志能在百忙之中赴宴。谢谢莫洛托夫同志,请您一定将请柬转交给斯大林同志。"

　　"我当然也希望斯大林同志能参加中国同志的这次宴会,但是我没有足够的把握。"莫洛托夫表示。

　　在《中苏友好同盟互助条约》签字仪式结束后,斯大林举行了简短的招待宴会。毛泽东和斯大林坐在一起。毛泽东对斯大林发出了邀请:"再过几个钟头,也就是今天晚间,我们要举行答谢宴会。希望你能莅临。我们希望你能出席一下,如果健康状况不允许,你可以提前退席,我们不会认为这有什么不合适。"

　　这次是斯大林亲口答应了:"我历来没有到克里姆林宫以外的地方出席过这样的宴会,而且这已经成了惯例。对你们的邀请,我们在政治局会议上讨论过了,决定破例接受你们的邀请,也就是允许我答应你们的邀请,出席你们举行的宴会。"

　　"如果身体不支,你可以随时提前退席。"毛泽东再次说。

　　"不会的,既然来了,就要参加到底。"斯大林说。

　　酒会预定晚上9时举行。王稼祥大使和夫人朱仲丽神采奕奕,在门口迎接客人。毛泽东和周恩来早在8时就到了,也在门口亲自招待客人。客人们陆续就座。离宴会开始只有5分钟了。

　　突然,宴会厅门口一阵骚动,掌声骤然响起,原来是斯大林来到了宴会现场！毛泽东迎上前去，同斯大林热烈拥抱。会场掌声不息，不断高呼："斯大林万岁！"

席间，毛泽东和斯大林互祝健康。

这次盛大的招待会非常成功，一直持续到午夜方散。

2月16日，斯大林在克里姆林宫设宴欢迎中国代表团。56岁的毛泽东，握别70岁的斯大林，于翌日登上回国的专列。这次访苏，毛泽东和斯大林是初会，也是永别。与毛泽东同车回国的，还有在苏联进行秘密访问的越南民主共和国主席胡志明。

毛泽东、周恩来回国后，李富春、叶季壮、伍修权等则留在莫斯科继续同苏方谈判，订立一些单项协定。如中苏两国间建立电报、电话的协定和交换邮件、包裹的协定，在中国新疆创办中苏石油公司和有色金属及稀有金属公司的协定，创办中苏民航公司的协定，有关苏联专家在中国工作条件的协定，还有1950年中苏贸易换贷协定以及今后两年苏联供应中国工业设备及器材的协定。王稼祥参加了这些协定的谈判，并代表中国政府在协定书上签字。这项工作直到5月中旬才结束。

王稼祥在担任首任驻苏大使任内，坚决维护中国的主权和中国人民的利益，全力发展中苏两国人民之间的友谊和友好合作，倾注了最大心血，工作卓有成效。

作为大使本人，王稼祥这样评价自己的工作：

"我在毛主席访问苏联期间，执行了大使应尽的责任。后来，周总理又访问苏联，我参加了谈判和签订新的中苏条约。后来继续同苏方谈判有关莫斯科北京通航的协定、有关专家待遇协定、有关新疆几个有色金属联营公司的协定。关于这些协定的谈判,我都执行了中央的有关指示。"

由于工作紧张、劳累,王稼祥经常生病。1950 年年底,他回国述职。1951 年 2 月,王稼祥离任回国。

第二任驻苏大使由张闻天担任。

三、中联部部长

细细算来,王稼祥一生可以说是有 3 种开创性的工作。

第一个是红军总政部主任。虽然前面也有人担任此职,但他担任此职时间之长,史无前例。红军政治工作的一整套制度,都是在他领导下制定的。

第二个是驻苏大使。这是中国派出的第一个驻外大使。在这个岗位上,他做出了成绩,成为我国驻其他国家大使仿效的榜样。

第三个工作便是中联部部长。

1951 年 1 月 24 日,刘少奇签发中共中央关于成立中央对外联络部并以王稼祥为部长的通知。2 月 22 日,又同意廖承志为第一副部长,李初犁为第二副部长,连贯为第三副部长。

中央对外联络部是中央处理同其他国家共产党相互关系和联络事务的工作机构。新中国成立后,中国共产党的威望急剧提高,影响也迅速扩大,有不少国家的共产党要求同中国共产党建立联络和加强来往,而且当时已经有了相互来往的客观条件。鉴于这种情况,中共中央决定于 1951 年年初成立对外联络部,任命王稼祥为首任部长。

王稼祥在 20 世纪 30 年代曾作为中共代表在共产国际工作过,

他熟悉各国共产党，特别是苏联共产党的情况，富有同外国党打交道的经验，由他担任中联部部长是合适的。

上任后，他首先抓组织机构、编制和班子配备。他将中央统战部第二处从事外事工作的干部全部调来筹建中联部。除了几位副部长外，部下面就是组（后改为处），层次少，工作效率高。部里的办公用房十分简陋，是位于前京畿道 18 号的一排平房（现民族文化宫的后面）。虽然条件艰苦，但大家克服困难工作，毫无怨言。

中联部的经常性任务主要有 3 项：一是研究国际共产主义运动和各国共产主义政党的情况，向中央做出报告和提出建议，这是主要的任务。二是负责接待来华访问的外国共产党代表团，同他们进行会谈并陪同访问。三是应邀出席各兄弟党的代表大会。第二、三项任务很重要也很频繁。

王稼祥要求他领导的干部，通晓业务知识，不能满足于一知半解；更不应沾沾自喜，以外行自居。他说得很明白：

"我们必须老老实实地承认我们的国际知识是很贫乏的，特别对于那些与我国接触较少的国家，如拉丁美洲和中东国家，我们简直是毫无知识，即使对于那些与我国接触较多的国家，我们也缺乏系统而具体的了解，所以我们必须赶快学习，来增加我们的国际知识。当然，要增强国际知识，也不是一下子所能做到的。这要依靠我们按部就班地虚心学习，多读书报，多用脑子，才能逐步地做到。"

那么，对于中联部的干部来说，国际知识的范围包括哪些呢？

王稼祥认为，它应包括各国的基本情况，特别是各国共产党的基本情况，各国工人运动和其他各种群众运动，作为社会主义运动的流派的各国社会党、社会民主党以及托派的情况，等等。他非常

王稼祥传

欣赏他在共产国际工作时总书记季米特洛夫的做法：驻国际的每个国家的代表，每天把他们本国报刊中登载的革命运动和本国的重大事件，压缩写成 500 字的材料，供他阅读。王稼祥在中联部推广这个做法，要求科长以下的业务干部，在没有临时性的联络工作时，每个人每天要写 500 字的材料给他，内容是他们研究的对象国的革命群众运动和对象党的情况。实践证明，这样做效果很好。

对工作的要求，王稼祥历来是严格的。对所属单位起草简报或文电尤其要求快和准。他说，不快可能失了时效，不准可能犯错误。他对这两点的要求非常严格。

他把掌握外国语言文字作为中联部工作人员精通业务的一个必要条件。他要求工作人员都必须掌握外国文字。而他本人，则身体力行。他本人精通英语、俄语，擅长翻译。20 年代在莫斯科中山大学时就翻译过列宁的著作。但是，他却不愿担任中共中央翻译工作委员会主任一职。当时，中央面临的俄文翻译任务很重，斯大林全集翻译工作和毛泽东选集的俄译、校阅工作都需要完成。中宣部副部长胡乔木为此于 1951 年 7 月 10 日向毛泽东写了报告。报告中说，关于斯大林全集，已译成 3 卷，准备在 5 年内完成斯大林全集共 16 卷的出版发行工作。关于毛泽东选集俄译稿，拟由王稼祥、李立三、张闻天 3 同志校阅。提议组成党中央翻译工作委员会，由稼祥同志负责。但稼祥同志一再推辞，此事请中央决定。7 月 13 日，毛泽东在这份报告上批示："乔木同志：同意你的各项意见，但委员会的主持人稼祥既不愿担任，就由你担任为好，每月召开一次会，将来再考虑用他人。"

平时，王稼祥很少参加娱乐活动，也少有私谊方面的交往和闲

谈,大量的时间用于学习和研究。他的政治秘书张香山回忆说:

> 整个白天,除午饭后休息 1 个小时左右以外,从早晨
> 5 时到下午 6 时,如果没有开会或约人谈话,那么他就几
> 乎都在办公室兼书房内伏案批阅文电,或是躺在躺椅上阅
> 读书报。他除了阅读中国的报纸、《参考消息》以外,由于
> 工作需要,每天还阅读《真理报》、俄文的《参考消息》以及
> 苏联的许多杂志,如《共产党人》《新时代》,等等。一些引
> 起话题和争论的苏联小说,他也常常浏览。王稼祥同志精
> 通俄文,阅读俄文书刊同阅读中文书刊一样,速度很快,一
> 般不需要翻查辞典。

他的作风是认真、细致,而且严格,因此有一种流传很广的说
法:对人很严厉,爱发脾气。其实这是一种误传。实际上,他对同志
是非常关心的。如伍修权就是由王稼祥提议,经中央同意后,调到
中联部工作的。伍修权回忆说:

> 1958 年 5 月,我由南斯拉夫回国,由于曾为南共说过
> 几句实事求是的话,接受了外交部高干会议的批判,又在
> 中共八大二次会议上做了自我批评。以后就靠边待着,心
> 情当然是很不舒畅的。正在这时,王稼祥同志极力推荐我
> 到他主持的中共中央对外联络部去工作。中联部的工作
> 主要是同外国兄弟党打交道。王稼祥同志考虑到我是中
> 央委员,与外国兄弟党交往时具有一定的身份,同时我已
> 从事外交工作多年,对这一工作比较熟悉,也能胜任。长
> 期以来他就对我比较了解。在我刚刚受了批判,思想上正

有负担时，他建议我到他那儿去工作，不仅表示了他对我的信任，也在一定程度上表示了他对当时这场批判的态度。

伍修权担任副部长后，分管比较熟悉的苏联、东欧各兄弟党的联络工作。

林季良也受到了王稼祥的关心，使他安心在中联部工作一辈子。他回忆起这么具体的一件事——

> 稼祥同志对干部的关心，有一件事使我很受感动。有一次，稼祥同志要秘书找我去谈话。我感到有点突然，因为那几天我不曾反映或请示什么问题。当我走进稼祥同志的办公室时，他亲切地招呼我坐下来谈谈。他说："你的工作目前没多少事，似乎有点坐冷板凳的样子。这是不舒服的。但是，我们这么大一个国家，这么大一个党，有一两个人来经常关心注视某一方面的情况，应该是需要的吧？"他问我有什么意见，我答："没什么，业务不忙，大家选我当支部书记，做点政治思想工作和组织大家学习，也没闲着，都是工作嘛。"他听后觉得我并无不安心工作的情绪，点点头，表示满意。这样一次简短的谈话，给我印象极深，因为其中有深刻的含义，体现了领导从政治思想上对干部的关心。就是这么一次短短的谈话，使我大大加强了在中联部干一辈子的决心。

1951 年中联部成立的时候，党的联络工作是一项全新的工作，中央对外联络部是一个新的部门，干部也是从各方面调来的。在这样的条件下，如何才能完成党所交给的任务呢？这里有一个关键，就是要使中联部干部正确地理解和掌握党际关系的准则。当时，还没有比较完整的论述党际关系准则的国际文件，带有权威性的论述党际关系准则的《莫斯科宣言》和《莫斯科声明》是在 1957 年和 1960 年发表的。王稼祥根据 100 多年来国际共产主义运动的经验，提出了他比较完整的有关党际关系准则的看法，教育中联部干部。

那么，这个准则是什么呢？这就是非常通俗易懂，又非常精辟的一句话："是一家人，又不是一家人"。

"是一家人"，就是我们党和各国共产党都是信仰马克思列宁主义的，都是把辩证唯物主义和历史唯物主义作为自己的理论基础的，都是把实现共产主义作为奋斗目标的。在为共同事业的奋斗中，各国党又是根据无产阶级国际主义精神互相支持、互相合作、互相学习的。因此各国党就像"兄弟"一样、"姐妹"一样，可以称作"一家人"。

"又不是一家人"，就是每一个共产党，总是首先代表某一个国家和某一个民族的。每个国家的情况各异，各有其自身的特殊利益。这个国家的革命路线、方针、政策，只能由这个国家的共产党人独立自主地进行探讨和做出决定，因为只有他们最熟悉本国的特点，同本国的群众保持最密切的联系。更何况从 1943 年以后，共产国际已经解散，各国共产党都不从属任何党，而是处于平等的地位，其他任何党都不能也无权对别国党指手画脚、发号施令。显然各国共产党都在为共产主义这个总目标而奋斗，但是每个国家共产党人的主要责任是争取实现本国革命的胜利，为推翻国际资本主义而承担最大的民族牺牲。由此可见，各国共产党是独立自主的，是完全平等的，是不容别国党干涉其内部事务的。从这个意义上说，"又不是一家人"，更不能是"父子党"。

《王稼祥选集》中有一篇文章，是他同南斯拉夫驻华大使波波维奇的谈话，集中反映了他的思想：

> 马克思列宁主义好像是一个大家庭，成员不一样，要和谐友好地生活。这是历史上形成的，经过第一国际、第二国际、第三国际。至于说以后怎么搞，值得深入研究。这个家庭中的所有成员应该是平等的，不应该是父子关系，只能是兄弟关系、姐妹关系，只能有执政党与非执政党之分，大党与小党之分，经验多的党与经验少的党之分。我们认为，执政的、经验多的大党应该多负些责任；没有执政的、经验少的小党就少负些责任。指控别人是容易的事，应该多要求执政的，少要求没有执政的。在目前13个执政党的关系中，也应该如此。

王稼祥正是按照这个准则，来正确处理与各国共产党之间关系的。他尤其反对的是大国沙文主义思想。

1956年，赫鲁晓夫在苏共二十大时提出，要争取议会多数实现和平过渡到社会主义。对此，王稼祥提出了不同看法。他说，苏联革命早已胜利了，已经不存在和平或非和平过渡的问题，为什么赫鲁晓夫要提出这个问题呢？显然是说给那些尚未胜利的资本主义国家的共产党听的，也是要他们这样做的。即使这个结论能够站得住脚的话，像这样的问题，应该由资本主义国家的共产党提出来，何以要苏共来说三道四、发号施令呢？

1956年，波兰发生十月事件，赫鲁晓夫沉不住气了，准备出兵干预哥穆尔卡担任波兰党中央第一书记。中共中央坚决反对这种做法。王稼祥表示，一个社会主义国家的执政党，怎么可以对另一个社会主义国家执政党的选举进行干涉呢？选这个人或那个人，这是一个独立的党的内政问题，决不应受到外来的干涉，更何况是用武力来干涉，这简直是背叛社会主义！

1958年，王稼祥担任中国代表团团长，出席在布拉格召开的各国共产党和工人党代表会议。这个会议是为讨论创办一个国际性杂志而举行的，杂志名叫《和平和社会主义问题》。在讨论中，他发现决议草案把这个交流情况和经验的杂志变成理论性杂志，并且赋予这个杂志的编委会对发表的争论问题有总结的权力，这样一来问题就复杂了。认为，如果做出这样的规定，那么杂志的编委会对这个党或那个党的方针认为不对时，就会公诸杂志来展开争论而后就由编委会做出结论，这样就使杂志居于各国党之上发号施令，这就会破坏各党独立自主地决定自己事情的方针政策。

会上，王稼祥坦陈己见：首先这个杂志不要成为一个站在各国党之上发号施令的刊物，而应是一个报道性的，也就是只是介绍情况、交流经验的刊物；其次，这个杂志不宜登载有争论的问题，也不应赋予编委会具有总结争论的职能，能够批评任何共产党。各国共产党之间有争论的问题，应该由各有关共产党的中央来协商解决。意大利共产党等党的代表赞同王稼祥的这一主张。

苏共代表居于少数，只好在大会上做出了口头保证："杂志上不应该反映各国党之间在个别问题上的分歧，编委会不是凌驾各国党之上的机关。个别国家的党之间发生意见分歧时，编委会没有权力评论哪个党对、哪个党不对。"

王稼祥反对大国沙文主义，同样也警惕我们自己不要犯类似的错误。他同别国党的同志交换意见和谈论问题时，从来不用那种你们应该这样，不应该那样的训人口气，而是采取商量的态度；而且也决不因为我们胜利了，中国革命的经验就变成了灵丹妙药而到处推销，甚至强卖别人。他的观点是："当兄弟党向我们征求对这个或那个问题的意见，或者征求对他们党的工作意见的时候，我们要一再向兄弟党声明，中国党的意见和中国革命的经验，只能供兄弟党作参考，采纳与否，完全由兄弟党自己决定。"

1956 年，中共召开八大，邀请了 64 个共产党和工人党的代表团前来参加这个盛会。整个接待工作落在了中联部的头上，王稼祥亲自主持。他一再告诫参加接待工作的同志，对兄弟党代表必须谦虚谨慎，热诚相待，既要从政治上尊重他们，又要从安全和生活方面关心他们，特别对于小国小党，决不许搞大国主义，冷落和怠慢他们。

在八大会上，发生了意想不到的事：叙利亚共产党代表团和以色列共产党代表团在彼此的致辞上有争执。中国共产党不能把自己的代表大会变成双方代表团公开争执的讲坛。这个情况，由王稼祥亲自出面，对双方代表团进行耐心的劝说和调解后获得圆满解决。从事后结果看，许多国家的兄弟党对于在这次代表大会中受的热烈款待还是满意的。

现在看来，王稼祥关于处理各国共产党之间关系的这些见解的正确性经受了历史的检验。中国共产党也正是按照这些原则处理同其他国家的党的关系的,并收到了良好的效果。

作为中联部部长,王稼祥不仅要接待外国兄弟党的代表团来华访问、商谈,而且要陪同党和国家领导人出访,或者亲自率团出访。在 20 世纪 50 年代,他先后出访过许多国家,和一些兄弟党的领导人结下了深厚的友谊。

在和兄弟党的交往中,和苏联的商谈是比较多的。

1951 年 5 月初,斯大林会见王稼祥,双方就朝鲜战争问题,中国种植橡胶、扩大棉田面积问题进行了交谈。王稼祥在谈判中坚持原则,不亢不卑。参加这次会谈的翻译林莉回忆说:

> 他(指斯大林)提出这样一个设想,即:以中国为主建立亚洲社会主义国家的联盟,其根据是小国在建设和防卫方面有许多困难,只有和大国联合起来才能解决这些难题。对于斯大林的这个设想如何作出反应,了解当时情况的人就会懂得这对稼祥同志是一次考验。我根据几次会谈的情况,知道会谈参加者一般对斯大林的意见都是恭敬地聆听,没有人提出异议的。而稼祥同志却和缓地但明确无误地说:"我们不能这样做。"他从国际主义立场和对民族问题的深刻认识出发,果断地在原则问题上说出了自己的意见。这在四五十年代是极为难得的。稼祥同志这种敢于提出独立见解的态度,坚持了中国共产党人的原则立场,也赢得了对方的尊重。记得那天斯大林同志很高兴,留稼祥同志共进午餐,午餐后一同在园子里散了一会儿步才去休息,又让莫洛托夫继续陪稼祥同志散步、谈天。下午继续会谈,很晚才散。

1954 年 4 月和 6 月,王稼祥作为中共中央代表同苏共中央代表苏斯洛夫先后 5 次进行了商谈。

王稼祥还多次作为中共代表团成员,应邀参加苏共和其他国家共产党举行的重大活动。

1952 年 9 月 30 日,中共中央派出由刘少奇任团长的代表团参加苏共十九大。代表团成员有王稼祥、陈毅、饶漱石、刘晓等。会后,苏共邀请刘少奇、王稼祥到南俄疗养院疗养。疗养结束后,斯大林于 1953 年 1 月 5 日、6 日接见了他们,在谈话中讲到了颁布宪法的重要。这是中共代表团同斯大林的最后一次见面,两个月后斯大林因患脑出血逝世。

1956 年 10 月 9 日,朱德率领中共中央代表团应邀参加苏共二十大,王稼祥是代表团成员之一。会后,他又逗留莫斯科一段时间,处理未了事宜。

1957 年年初,以周恩来为团长的中共中央代表团,访问了苏联、波兰和匈牙利 3 国。代表团成员有贺龙、王稼祥,随员有童小鹏、乔冠华、龚澎和熊复。代表团先到莫斯科,同赫鲁晓夫进行了初次会谈,又同德意志民主共和国代表团和匈牙利代表团进行了会谈,主要是交换对"波匈事件"的看法。接着代表团于 1 月 11 日至 16 日访问了波兰,同哥穆尔卡等人举行了会谈。后又于 16 日至 17 日访问匈牙利,同卡达尔等人进行了会谈。然后,重又回到莫斯科,于 17 日、18 日正式访问苏联,同赫鲁晓夫进行了会谈。在 11 天之内,代表团访问了 3 个国家,时间和工作都很紧张,会谈的次数很多。周恩来很辛苦,每天只睡 3 个小时。而作为他主要助手的王稼祥做了大量工作。代表团内部大量的会谈准备工作和文件起草工作，包括 3 个联合声明、两个新闻公报和周恩来的 14 次公开讲话，都是由他主管的，工作的繁重可想而知。

代表团重新回到莫斯科后，同赫鲁晓夫等人举行正式会谈，空气变得紧张起来。周恩来就关系到整个国际共产主义运动中的一些重大问题，阐明了中国党的原则立场。这次会谈一直持续了 8 个钟头，紧张到连主人也忘了吃午餐，更没有招呼客人喝一口水。会谈之后，马上举行《联合声明》的签字仪式。

仪式结束后，王稼祥和熊复留了下来，处理发表两国《联合公报》和新闻报道的事宜，然后一道回国。王稼祥在此期间发表了感想，认为赫鲁晓夫的所作所为，又是一场巨大的悲剧，而且还看不到结束的时候，他担心中苏两党分歧会加深。后来的事实证明了他预见的正确性。

1959 年 3 月 6 日，王稼祥和伍修权、王炳南参加由朱德任团长的中共代表团，去华沙参加波兰统一工人党第三次代表大会，直至会议结束。

3 月下旬，他又由华沙直飞伦敦，参加英国共产党第二十六次代表大会。代表团成员有伍修权以及张香山、俞志英（英文翻译）。28 日，王稼祥代表中共中央向大会致贺词，对英共争取实现民主和社会进步的斗争表示支持。

这次英国之行，是他一生中最后一次出国。

王稼祥很少娱乐，甚至出国访问时也往往一待完成任务，就急着回国，很少在国外游览，更不会因想看一些同工作无关的什么而延长滞留的日子。

但偶尔也有例外。那次到波兰参加第三次党代表大会后，因为等待班机有几天空闲,他去参观了那托林宫、肖邦故居和画廊。在英国期间,他对在伦敦的参观访问有极大兴趣。这不仅因为伦敦是他第一次到的地方,而且因为英国这个老牌资本主义国家值得研究,马克思和恩格斯的许多著作是侨居伦敦时写的,有些作品就取材于英国或者是论述英国的。

在伦敦,他参观了 1902 年列宁为出版《火星报》而侨居伦敦时的住处,现在是英共所主持的为纪念列宁的一个小型图书馆。也去看了许多人站在肥皂箱上发表演讲的海德公园。此外,唐宁街、伦敦桥、英国女王居住的温莎宫也去过,甚至看了著名的蜡像馆和一条有贫民窟的街道,以及一个私人农庄。当然,印象最深刻的,是他参观了英国博物馆内马克思为写《资本论》而常坐的阅览室和常坐的座位,以及海格特公墓的马克思新墓。纪念碑上题着"全世界人民团结起来",中间镶嵌着一块小墓碑,下面题着马克思在《关于费尔巴哈的提纲》中的一句话:

哲学家们只是用不同方式说明过世界,而问题却在于要改造世界。

此次英国之行,他有两条收获:一是更加了解了马克思、恩格斯在 100 多年前所说的英国工人阶级资产阶级化的问题,二是也更加了解了列宁在 10 年前所说的关于社会改良主义的害处。

进入 20 世纪 60 年代以后,由于健康原因,加上其他一些原因,王稼祥就未再出国了。

四、"三和一少"

康生插手中联部了。

对于康生，王稼祥在 1937 年到莫斯科治病时，就和他有过交往。朱仲丽在文章中写道：

> 一天，一位唇上蓄着短胡髭、戴着时髦的无框眼镜、长着方形脸的中国人来病房看他。此人 30 多岁，山东口音，穿一身很讲究的西装。他没有参加国内艰苦的国内战争，也没有穿过红军的光荣军服，从神态上看，像一位绅士。他虽没去过苏区，没有同工农兵共过艰苦，可他在党内的地位却很高，爬上了驻共产国际的中国党的代表的地位，深得王明信任。他长期陪着王明在莫斯科享受舒适安闲的生活，对国内发号施令。他就是中国共产党史上那位臭名昭著的伪善家、阴谋家、野心家康生。

20 世纪 60 年代初的康生，以"反修英雄"自居。

其实那件事根本不值一提。1960 年 6 月下旬，中国共产党代表团参加在布加勒斯特举行的罗马尼亚共产党代表大会。康生说他当面顶撞了赫鲁晓夫。那是在有次会议结束后，赫鲁晓夫搂住康生半开玩笑地说："你这个家伙是个机会主义者。"康生也半开玩笑地说："你才是机会主义者，我是马克思主义者。"也就是这么一句并无实际内容的自我吹嘘的话，康生竟当作了不起的资本，反复进行宣扬，引为骄傲。

康生鼻子很灵，他看到中苏分歧扩大以及对"现代修正主义"的批判，觉得有机可乘，开始插手中联部。

开始，他跑到中南海找一位同志要有关国际动向的机密文件看，这位同志拒绝了，说自己没有权力批给，因为这种文件只有党中央常委和少数管外事的政治局委员、书记处书记才可以发给。康生不甘心，又到王稼祥家去找王稼祥：

"稼祥，是不是把中联部的文件发给我一份，我长时间摸不清国际问题的变化了，让我也学习学习。"

"这个恐怕不行。"王稼祥一口回绝。恰好勤务员外出去了，也未给他泡茶。

"怎么不行？我要求你批给中联部的文件看完全有资格，因为我是政治局候补委员。"康生显得振振有词。

"因为文件归常委同志批，也就是由毛主席或少奇、小平同志批。所以，我不能批给你看。"王稼祥坚持原则。

"难道不知道我是领导情报机关的？难道对我看点儿文件还有什么戒备？"康生恼火了。

"请原谅，中央常委没有批示，我就无权擅自给任何人看。"王稼祥不肯让步。

"那好吧！"康生不满地站起来，"不看就不看。告辞了！"

从此以后，康生常常挑唆中联部干部散布对王稼祥的不满，风言风语向王稼祥袭来：

"康老这样德高望重，关心国家大事，王部长连中联部的机密文件都不给他看，这是为什么？"

"王部长是不是做得太过了，康老到他家，连一杯茶也不给喝。"

在康生的拉拢下，有的人被拉了过去。

王稼祥抵制康生的事，张香山有回忆：

在这里需要特别强调的一点是，王稼祥同志对于阴险狡诈的大挑衅者康生"左"的一套是深有警惕的。从 1960年开始，康生利用对现代修正主义的批判，开始插手中联部的工作,这样在中央下面,实际上形成了两个中联部的局面。康生利用这个条件,积极推行他的"左"的一套。在这种情况下,稼祥同志处于非常困难的地位,他不同意康生的一些主张,高度警惕康生的挑衅性活动;而另一方面,他作为中央书记处的书记,必须尊重中央的决定,他不能做出损害中央团结的任何行动。的确,在中联部的领导同志面前,包括像我们这些同他每天有工作接触的人面前,他没有说过一句康生的坏话,但是只要观察一下他在处理康生插手过的问题上,就不难发现,他表现得很审慎,而且总要设法同康生"左"的东西划清界限,或者对有些不必让康生插手的事情,就尽可能避免让康生插手。

1962年7月,世界和平理事会在莫斯科召开世界裁军大会,中国派出以茅盾为团长,王力、康永和为主要成员的代表团参加。茅盾在大会上的讲话,是由王稼祥主持、经过集体讨论、由熊复执笔起草的。这篇讲话,在和平和裁军问题上,不仅同我们党今天的立场是完全吻合的,而且同我们党当时的方针也是符合的,只不过多用了一些"和平"和"裁军"的字眼。因为王稼祥的想法是,我们在一切国际活动场合讲话,不仅要充分支持殖民地半殖民地的民族解放运动的立场,而且要表示高举和平旗帜的立场。只讲支持民族解放运动而不讲维护世界和平,把争取和平力量这样一个更加广泛得多的同盟军放在一边,不符合马克思主义的策略观点。争取和平的斗争当然不是革命,但它同革命是相辅相成的,是为革命而争取和团结一切可以争取和团结的力量。

代表团临出发前,王稼祥曾向代表团党组负责人王力交代:过去是"将在外,君命有所不受",那是交通联系困难的原因,现在电话电报都是通的,遇事随时可以报告请示,特别是有关会议的共同文件。

但是,自作聪明的王力在没有向国内请示的情况下,同意了比讲话稿的调子更低得多的、没有反对美帝国主义字样的共同文件,从而引起几个亚非国家代表团的不满。毛泽东对此批评是:"脱离了左派,加强了右派,增加了中间派的动摇。"

这次代表团在莫斯科裁军大会上的缺点错误,只是一次国际会议上斗争策略的偏差,在同年8月中国参加的在东京举行的禁止氢弹、原子弹大会上就纠正了。毛泽东就说过:"七月犯错误,八月改。"因此,谈不上是路线错误。

而善于兴风作浪的康生却抓住不放,还联系王稼祥当时关于对外工作的见解和主张,加以歪曲,无限上纲,给扣上"三和一少"的大帽子,就是:对帝国主义、修正主义、各国反动派和,支持各国革命运动少。

王稼祥主动承担了责任,在1962年8月召开的八届十中全会预备会西北组会议上做了检讨。随后,国务院外办召开的一次专门会议指名批评了王稼祥。王稼祥曾找到毛泽东要求在八届十中全会上做检讨。毛泽东表示:你的问题不必弄到常委会议上,也不必到中央全体会议上去做检讨,中联部有几个副部长对你有意见,你同他们好好说清就行了。于是,王稼祥没有在十中全会全体会议上检讨。

从1962年年底到1963年春,中央连续发表了7篇批判"现代修正主义"的文章。因为毛泽东早在1957年3月便已明确指出:

"我们现在思想战线上的一个重要任务,就是要开展对于修正主义的批判。"1963年2月,他又说:"国内的修正主义不少,要反对我们自己内部的修正主义、资产阶级这些牛鬼蛇神。"但对什么是修正主义,当时在认识上很模糊。毛泽东曾多次说过:修正主义就是对外搞"三和一少",对内搞"三自一包",在统一战线问题上则是"向资产阶级投降"。

1963年5月22日,毛泽东在杭州会见新西兰共产党总书记威尔科克斯。在谈话中他点了王稼祥的名:"王稼祥同志目前有病在家里。他搞'三和一少',就是要叫帝国主义和气一点,对反动派和气一点,对修正主义和气一点,对亚非拉人民斗争的援助少一点。这是'修正主义的路线'。"

1965年年初,有人曾向中央建议把王稼祥所谓的"三和一少"材料,连同他本人在第三届人大一次会议上的发言《"三斗一多"还是"三和一少"》汇编印发给各省、市、自治区党委和中央各部委。毛泽东没有同意。

1965年11月,杨尚昆受中央领导人的委托看望王稼祥,征求他的意见,是否做点工作。王稼祥表示同意。一个星期后,周恩来看望王稼祥时也询问他是否做点工作,王稼祥表示可以做点研究工作。周恩来同意了,让他再找几个秘书。

1966年3月10日,中共中央决定:王稼祥任中央外事小组副组长。从此,他不再过问中联部的工作。

第七章　立党为公光明正大的一生

一、遭污蔑含恨而终

进入 1965 年后，极左思潮在中国大地上泛滥。

1966 年 5 月 4 日至 26 日，中共中央政治局扩大会议在北京召开。会议的主旨是批判彭真、罗瑞卿、陆定一、杨尚昆的"反党错误"。

5 月 16 日，会议通过了《中共中央中央委员会通知》，从此被称为"五一六通知"。它是"文化大革命"的"纲领性文件"。十年浩劫，就是从"五一六通知"通过之日算起——这一天，已被公认为"文革"正式开始的一天。

会议决定重新设立"中央文化革命小组"，隶属于政治局常委之下。组长为陈伯达，顾问康生，副组长江青、张春桥，中联部的王力也成为这个小组的成员。正是这个"小组"，搅得华夏大地不得安宁，祸水横流，灾难四起。

作为中央书记处书记，王稼祥没有接到参加会议的通知，只是在会后收到了会议的文件。他已经意识到，一场大风暴、大灾难即将来临。

他的中央书记处书记、中联部部长职务虽然没有正式停止或撤销，但实际上早已靠边站了。他不仅没有接到5月召开中央政治局扩大会议的通知，也没有接到8月1日召开八届十一中全会的通知。八届十一中全会改组了中央领导机构，中联部代理部长刘宁一成为中央书记处书记，从那时起，王稼祥不再是中央书记处书记了。

当时，王稼祥住在中南海。这是他于八大当选为中央书记处书记后，于1957年第三次搬进来的。中南海是中国的政治中枢所在地，它地点适中，闹中取静，绿树红墙，一派古风。中南海与北海以北海大桥为界，大桥以北为北海，以南便是中海和南海。中海、南海以蜈蚣桥为界，合称中南海。

王稼祥一家住在怀仁堂东侧的东三院，同住在东一院的董必武家是近邻。可"文革"不久，王稼祥不得不搬出中南海。

7月初的一天，李富春、汪东兴来通知王稼祥，说中央最近决定，凡是不直接参加中央常委工作的领导干部都要搬出中南海。还说办公厅的同志已经为他找了3个地方，他可以自选一处。汪东兴还特地关照，北海后门的那处比较好，离公园近，平时可以去散散步。

当天下午，中央办公厅的一位副主任带着王稼祥和朱仲丽看房子。一处在王府井北头，是一个三合院，地处热闹地段；一处在钓鱼台国宾馆的西面，名叫花园村，是一个大院子，新盖了几幢楼，刚刚搬进来两位高层领导人。

最后他们来到离北海后门不远的院子。这是一个单独小院，有一幢3层小楼，院内有不少树木、花草，还有葡萄和枣树，圆形的人行道可以行驶小汽车。

回家后，王稼祥夫妇商量究竟搬到何处。

朱仲丽说："既然有意叫我们住进北海后门那一处，就决定了吧。"

"那地方太高级了，不宜我去住。"王稼祥摇摇头。

但由于时间紧，加上朱仲丽坚持，王稼祥就没有再反对。第二天，王稼祥一家搬离了居住 10 年之久的中南海，住到北海附近。

北京西南郊，有一条河叫京密运河。1966 年 7 月 29 日晚，一个中年人长久地在河边徘徊。他凝视着悠悠河水，长叹一声，战栗着脱下外衣、摘下手表，闭上了双眼猛然向河中跳去……

第二天，人们在京密运河发现了他的尸体。

死者 41 岁，男性，中国人民大学计划统计系资料员，姓王，名命先。他是王稼祥的独子。

王命先刚过不惑之年，怎么会突然选择了这么一条绝路？

他，是王稼祥与前妻查瑞香所生之子，刚一出世，母亲便得病去世，由祖母抚养。10 岁丧祖母，由王稼祥的二姐王珍玉抚育。抗战时期，王稼祥和家中联系上了，写信让命先上学堂，而不要上私塾。

解放战争时期，王稼祥和家中无法通信。他就任驻苏大使前夕，给家里写了一封信，要命先到北平来见面谈谈，想对儿子尽到教育的责任，把儿子的事安排一下。

命先这年已经 24 岁，已成了家，有了一个儿子。他从小就是急性子的人，即使成家后有了孩子，这个本性仍然没有变。他接到父亲来信后，坐卧不安，心急如焚，巴不得马上就到北平去。后来由堂叔王镇华陪同，一家人到了北平，住在王稼祥的远房堂兄王寄一家中。几天后，王稼祥就把他们接到中南海住处去了。

王命先和王镇华都要求上学校读书。王稼祥要命先写些字给他看看。看后他说："我看了你写的字，你肚里有没有东西，我还看不出嘛！你要好好学习。"王稼祥派工作人员到几所大学联系过，招生都要经过入学考试才能决定录取与否，而当时招生入学考试已经完毕，因而都没有接收。过了几天，王稼祥要命先和镇华到华北人民革命大学去学习，命先被编入第二大队第十组。王稼祥将儿媳吴佩兰介绍到香山慈幼院工作，并在那里安了家，小孙子王光增随他母亲生活。

从华北革大学习结束后，王命先曾在《人民空中报》担任通联工作约1年，1952年至1954年在中国人民大学计划统计系学习，毕业后留系工作，担任资料员，前后有15年。50年代肃反运动中，家乡曾有人给人民大学写了材料，讲到他的阶级成分和历史问题，后来人大审干委员会做出了审查结论。

王命先工作一贯认真，安于本分，性格内向，沉默寡言。他同妻子吴佩兰、两个儿子住在人大附小旁边的一幢平房里。他平时和同事、邻居很少接触，也从不炫耀自己是王稼祥的儿子。可以说，他的生活很平静。

可是，"文化大革命"来了，一切都颠倒了，厄运正向他走来。

6月1日，本来是国际儿童节，是儿童们欢乐的日子。每逢这一天，《人民日报》总是要向千千万万的孩子们献上一束鲜花。可是，1966年6月1日的《人民日报》却变得杀气腾腾。它的头版头条社论是8个寒光闪闪的大字，就像8颗出膛的子弹：横扫一切牛鬼蛇神！

自从这个社论发表后，许多大学都闹起了"革命"。首先是北京大学以及其他一些大学闹腾起来，"革命""造反"的口号震天动地，人民大学也不例外。

7 月 27 日和 28 日，王命先所在的系有一些人认定他是"牛鬼蛇神"，把他揪出来，让他给系主任陪斗。他遭到不可言喻的污辱，胳膊被拧在背后，低头弯腰吃拳头。有两个人跑上台，用蘸了墨汁的毛笔，往他脸上乱涂，墨汁流进他的嘴和脖子里，眼镜也被打掉了。造反派"勒令"他当场交代自己的"罪行"。

回到家里，王命先怎么也想不通，自己怎么成了暗藏在人民大学里的国民党特务？成了死不低头认罪的反革命？他感到人妖颠倒，眼前一片黑暗。今后还有无休无止的批斗、交代，这个罪怎么受得了？

王命先苦闷至极，于第二天不告而别，离家出走，到了京密运河，走上了绝路……

王命先去世时，吴佩兰已退职在家。长子王光增 19 岁，在北京四中上高中，该校地处西黄城根北街，离爷爷、奶奶住处近，所以在上学期间，吃、住都在爷爷、奶奶家；二子王光隆 15 岁，在人大附中上初中。由于王命先的去世，王稼祥、朱仲丽就要媳妇和两个孙子搬到北海后门与他们一起生活。

失去了独子的王稼祥，无限悲伤。多少个夜晚，他彻夜难眠，泪水打湿了枕被……

"文化大革命"的形势发展，很快超过了人们的预料。全国各地，所有部门，无一例外地被卷入了运动之中。中联部当然也不是世外桃源。

6月初，中联部机关的运动开展起来了。部里较早拉出来当"靶子"的部领导干部是许立。他是分管为外国党培训干部教学的副部长，是一位勤恳忠实的老同志。但早就插手中联部的康生，对中联部只斗争许立等几个人，很不满足。他带着王力几次来到中联部，看了部里的大字报，指责中联部运动的方向不对头。在他看来，中联部的运动要开展起来，必须有一个斗争大方向。

这个大方向是谁呢？理所当然应该是部长王稼祥。

康生说："毛泽东思想还没有进中联部的门。""群众没有发动起来。""你们写了些什么乱七八糟的东西，根本没有抓住大方向。""你们为什么不集中火力批判'三和一少'？这才是大方向！""斗争的重点，应该是批判王稼祥，将他批倒批臭！""中联部过去不是高举毛泽东思想红旗的部，而是打着王稼祥白旗的部。"如此等等，不一而足。

中联部的造反派在康生、王力的指使下，马上对王稼祥进行了连续的围攻揪斗。他几次被架到中联部接受批判，批斗时又挂黑牌子又"坐喷气式"，使他从精神到身体都受到难以忍受的摧残折磨。他是一个长期有病的人，中华人民共和国成立后长期带病工作，这样的折磨确实受不了。

这一情况中央知道了。在这期间，伍修权参加中央的一个会议，休息时周恩来找到他，对他说："毛主席有过指示，王稼祥同志是有过功劳的人，现在身体不好，不要揪斗。把人弄死了，只有损失，没有好处"。周恩来还说："修权同志，你是了解王稼祥同志的，也了解中央对他的态度，你应该出来替王稼祥同志讲话。"

伍修权根据这一指示，在中联部召开了十七级以上干部会，向大家介绍了王稼祥对党的重大贡献，说他在国内战争时期，特别是在遵义会议上起过重要的作用，是有功劳的；他在许多问题上，是站在毛主席一边的，毛主席曾经多次赞扬过他。伍修权针对造反派的过火行动说："你们批判他的错误是允许的，但是应该讲政策，要文明一点，照顾他，他的身体本来就不好。如果把人斗死了，那就太不好了。真的把人斗得翘了辫子，并不说明你们斗争水平高。"说到这里，伍修权非常激动，站了起来，颇有情绪地说：

"你们也不要太骄傲了，要听听别人的意见。我们经过几十年革命，什么艰难斗争都经过了，起码可以向你们提点意见！"这些话，不久就被当作是伍修权的"罪行"，说他是"王稼祥的黑干将"。

8月12日，造反派冲进王稼祥的住处，拿出一捆一捆的大字报，勒令他回答里面的问题。家中的会客厅里被牵上粗绳，大字报一张一张挂在绳子上，绳子上挂不下了，又贴在四周的墙上。大字报上的政治帽子数不清，什么"反革命修正主义分子""反党反社会主义反毛泽东思想分子""死不改悔的走资本主义道路的当权派""'三和一少'修正主义路线的罪魁祸首"，还有"打倒"之类的话，以及"踏上一只脚，永世不得翻身""低头认罪是出路，负隅顽抗死路一条"，等等。

这些大字报在会客厅里一挂竟有大半年。8月12日，正是农历六月二十六日，是王稼祥60岁生日。

堂而皇之地批判后面，隐含着个人的报复，特别是康生、江青等人，心中藏着对王稼祥的怨恨。20世纪二三十年代，王稼祥和康生同在莫斯科大学学习工作，在如何对待王明的问题上二人看法不同，有过交锋，康生一直耿耿于怀。五六十年代，王稼祥又挡住了康生伸向中联部的手。而江青，则对王稼祥在苏联治病期间费尽周折把毛泽东夫人贺子珍从莫斯科接回中国而怀恨至极，正想借机整治王稼祥。再加上林彪等人的怂恿，王稼祥处于极为不利的地位。

党的八届十一中全会召开，也没有人通知还是中央委员的王稼祥。到1967年上海夺权、全国造反后，造反派们更是肆无忌惮，他们恫吓、批斗、毒打王稼祥，抢走他家保险柜的钥匙，抄走不少文件资料，勒令他一遍一遍地交代问题……

精神与肉体的双重折磨，使本来就虚弱的王稼祥经受不住了，他的神经被刺激，出现幻听、幻觉等现象。1967年6月2日，王稼祥在遭到闯进家里的造反派的折磨后，神智突然发生错乱，一个人在屋子里大喊大叫：我没有罪，我没有罪，我不反毛主席！当朱仲丽闻声赶来时，他仍然神情紧张地喊：房门口站了一群人，他们要抢文件，快夺回来！朱仲丽一边安慰他，一边给他服了镇静药。朱仲丽自己为了安然入睡，也服了安眠药。

朱仲丽睡后不久，神情恍惚的王稼祥又拉开抽屉，抓起很多的安眠药放进嘴里，因服药过量，等朱仲丽半夜醒来发现时，他已陷入昏迷不醒状态。作为医生的朱仲丽急忙给他打了一针强心剂，然后张罗人送医院抢救，并给周恩来总理办公室打了电话。经过两天两夜的抢救，王稼祥才苏醒过来。从此以后，他的神经变得十分脆弱，常常出现精神幻觉，他会把白衣当成大字报，他逢人就说：我向毛主席写请罪书……

即使如此，他也不被放过。1968年秋，中央文革小组宣布成立王稼祥专案组，将他隔离审查，不准和家人见面。从此，他过上了白天劳动改造，晚上写交代材料的生活。

1969年10月，林彪下达一号命令，以防止敌人袭击为名将老干部们遣散到外地，王稼祥被紧急疏散到河南信阳。他们到信阳后，被送到离城五六里路远的信阳军分区干休所的一幢平房里，在人监视下生活。中原的冬天很冷，暖气不足，室内外的温度几乎一样，但他终于抗过了这个冬天，只是患感冒而已。可第二年的 10 月，他实在熬不过了，咳嗽厉害，夜间发烧，大夫初步诊断为急性中毒性肺炎。经好心的王斌大夫建议和市政府批准、中央同意，王稼祥被允许回北京治疗。

从此，他结束了与世隔绝的在信阳 1 年的生活。

1970 年 10 月，王稼祥回到北京，住进了北京医院。经过医治，病情得到了控制。在北京医院里，还住着邓子恢、谢觉哉、廖承志等人，朱仲丽常去看他们。

邓子恢患慢性肾炎，身体衰弱，已住院很长时间了。他在运动中受到无数次的批斗、监禁，造反派还在万人大会上批判他的"三自一包"，可谓九死一生。朱仲丽去看望邓子恢，邓子恢夫人陈兰也来看望王稼祥。正是通过她们，转达了两位老革命家在逆境中的互相问候。说来也巧，邓子恢的"罪行"是对内搞"三自一包"的主要代表人物，王稼祥的"罪行"是对外搞"三和一少"的主要代表人物，后来王稼祥的"罪行"又升格为"三降一灭"；一个是国务院副总理兼农村工作部部长，一个是中央书记处书记兼中央对外联络部部长。劫后余生，现在都住在一个医院里，真可谓同"病"相怜了。

王稼祥病房的对面，住着谢觉哉老人。谢老是革命元老之一，德高望重，当时已 87 岁了，患的是脑出血，四肢瘫痪，不能吞食，靠人工灌入。他的夫人王定国在病房照料。谢老与朱仲丽的父亲朱剑凡有深厚的友情，幼年常去她家。每次见到朱仲丽，谢老都慈父般地喊她"八妹子"。可是，朱仲丽见到现在谢老已神志不清，也不能睁眼认人，只是躺在病床上发出使人心碎的鼾声，很是难过，她多么希望谢老睁开眼睛啊！

廖承志患的是急性心肌梗死症，在夫人经普椿陪伴下，送进北京医院抢救，幸亏抢救及时，否则性命难保。朱仲丽在同经普椿的交谈中，得知了九届二中全会上揭露陈伯达反党问题的主要情况。这不啻是个福音。

住院1个多月后，王稼祥试探性地给毛泽东、周恩来写了一封信。信中大意是感谢毛主席、周总理的关心，来北京医院治病现已恢复健康，目前还需要在门诊继续治疗，是否能留在北京，请指示云云。

正当他们翘首以待回音的时候，中央办公厅派人来找朱仲丽谈话，告诉他们可以搬回原住处，并征求是否要修缮房屋。当时能回原住处已是莫大的福音，朱仲丽没有提出任何要求。这样，他们又回到了北海后门原来的住处。

当王稼祥在京治病期间，中国的政治舞台发生了重大的变化，让人瞠目。

1970年8月召开的九届二中全会，批判了陈伯达。由于陈伯达紧跟林彪，鼓吹所谓"天才"论，要求设国家主席。毛泽东针对陈伯达所编的《恩格斯、列宁、毛主席关于称天才的几段语录》，写下著名的《我的一点意见》。从政治上宣布了陈伯达的死刑。陈伯达的政治生命，从此终结。

毛泽东又找林彪个别谈话。他用了一个典故比喻林彪道："纣之不善，不如是之甚也！"

林彪听不懂，又不敢当面问毛泽东。林彪让叶群打电话到北京毛家湾，要人查找这句话的出处、含义。很快将意思弄清了："纣王虽然不好，但并不如人们所说的那样坏。"

毛泽东将陈伯达、林彪分而治之，并希望林彪悬崖勒马。

但林彪执迷不悟，企图谋杀毛泽东。阴谋失败后，1971年9月13日仓皇出逃，"折戟沉沙"，摔死在蒙古的温都尔汗……

九一三事件后，中央从9月26日起召开老同志座谈会，系统地揭露林彪历史上的种种问题。聂荣臻在27日、29日的座谈会上，讲到林彪并未在遵义会议上起作用，王稼祥起了重要作用。后来周恩来也谈到王稼祥的功劳。所有这些，对恢复遵义会议的本来面目，有重要作用。

在此期间，有不少老同志陆续前来看望王稼祥。他们中，有跟随王稼祥多年的警卫员唐继章、陈光远，有老战友邓飞和姜齐贤、方强，有在延安时为王稼祥看病的鲁之俊大夫和夫人汪丝，还有国际主义战士马海德和夫人苏菲、国际友人内科专家米勒，等等。

陈云也来看望王稼祥。他们两位在抗日战争时期是为数不多的常驻延安的中央政治局委员。他们谈了很多，格外投机。临走时，陈云笑着对王稼祥说："我今天是甩开了跟在我车后的监视车，绕道而来的。"

老战友王震也来看望他。王震带给王稼祥一个重要消息：林彪自我爆炸后，许多干部纷纷上书向中央表态。"你看我是否也应该写封信给党中央、毛主席呢？"听了王震的介绍，王稼祥忙问道。王震说："应该，越快越好。"

于是，王稼祥写了一封5000多字的信，主要内容是反省自己的全部历史。

　　王震很快将信送到毛泽东手中。毛泽东读此信后，对王稼祥做了高度评价，并要周恩来在九届三中全会上做传达。王震听了传达后，非常高兴，因忙于开会，便委托廖承志到王稼祥的住所向王稼祥传达毛泽东对他的这一评价。王震在回忆王稼祥的文章中说：

　　　　这封信是由我转呈毛主席的。1972 年，党的九届三中全会期间，周恩来同志传达了毛主席对王稼祥同志的一段很长的评价。我仅记得大意，其中有：王稼祥同志写了一份报告给我，这样的老同志只讲过，不讲功，很难得，应该很快让他出来工作。他是有功的人，他是教条主义中第一个站出来支持我的。遵义会议上他投了关键的一票。王稼祥功大于过。遵义会议后成立了三人军事领导小组嘛，我嘛，你嘛（指周恩来同志），还有王稼祥嘛，夺了王明等人的军权。毛主席还批示让稼祥同志参加老中委学习班，请周总理办。

　　周恩来的传达，引起了三中全会参加者的兴趣。在分组讨论会上，许多年轻人不了解这段历史，也不了解王稼祥其人，经过组里老一辈中央委员的介绍，才知道个大概。和王稼祥一块生活了 30 余年的朱仲丽，也是这时才知道王稼祥在遵义会议上所起的作用。

　　此后，王稼祥的政治待遇改善了，又可以阅读党的许多重要文件了。

　　由于"文革"中被打倒了，王稼祥有很长时间没有工作了。他多想为党工作啊！1972 年 12 月 10 日，他提笔给周恩来写信，信中说：

我想做一点点工作。我虽长期有病，听力又很差，但脑力每天还能使用几个小时，阅读能力还有一些。解放后，我搞了一个时期的外事工作，而别的工作部门，我是一点都不熟悉。因此特函请总理在万忙中考虑我的上述情况，能否分配给我一点外事调查研究的工作。

　　12 月 18 日，周恩来将这封信报送毛主席时写道："我意，稼祥同志可以做外事调研工作，如主席同意，请批示，以便向中央报告。"

　　毛泽东的批示很简单，只有 3 个字：可试行。

　　从此，王稼祥就有了工作。中央办公厅又给他配备了两位秘书、一位厨师，还派了警卫。小车也发还了，还配了司机。这时，王稼祥还有 3 位秘书：朱仲丽，负责安排活动；从中央办公厅调来的王乃生，负责总的，管思想政治工作，还担任王稼祥同志处的党支部书记；从外交部调来的郑师雍，负责机要，办理文件电报。

　　1973 年 8 月，党的第十次全国代表大会召开。王稼祥作为代表参加了大会，并被选为中央委员。周恩来仍要他搞外事工作，要王稼祥尽快组织一个外交事务的领导班子。

　　但是，乌云有时会久久不散，林彪集团灭亡了，却又出现了一个江青集团，而且以同样的方式进行夺权整人活动；偏偏对江青的为人，王稼祥又十分清楚。

　　1974 年 1 月 22 日，《北京日报》发表了一篇充满杀机的文章：《孔老二的亡灵和新沙皇的迷梦——评苏修尊孔反法的卑劣表演》。文中重提所谓"'三和一少'妖风"——

　　早在 60 年代初，正当我国遇到暂时经济困难，国内外阶级斗争非常尖锐、剧烈的时刻,那个口口声声"孔老夫子伟大"的刘少奇,迫不及待地跳了出来。他一面恶毒攻击总路线、"大跃进"、人民公社,乱刮"三自一包"、"三和一少"妖风……

王稼祥紧锁眉头,心事重重地指着那张报纸对朱仲丽说:"这是怎么回事?怎么又批'三和一少'了?毛主席讲过话,这不是问题了。他们怎么能不听毛主席的话,不听中央的呢?"

"毛主席不是讲了么,所谓'三和一少'只是你提了个建议,是王力他们在国外搞的嘛!文章不是指你。"朱仲丽安慰说。

"你脑子太天真了,毛主席、周总理的话就那么灵?毛主席被那一伙人包围,那一伙人搞'批林批孔批周公',对着周总理去的。"他苦笑一声:"且看《人民日报》怎么表态吧!"

第二天从早晨起,王稼祥就坐不稳、立不安,几次问报纸来了没有。直到中午,报纸才送到。他抢先抓起《人民日报》打开一看——

"完了!"他颓然跌坐下去,两手颤抖地举着这份中央机关报说,"中央也表态了!已做了结论,毛主席的话,都不算数了!"

朱仲丽一看报,心头也凉了。《人民日报》全文转载了那篇"大批判"文章,王稼祥和所谓"三和一少",重新成为批判的靶子。

当天晚上,朱仲丽代王稼祥接了3次电话,一而再再而三地通知他次日上午10点到首都体育馆参加万人"批林批孔"大会。

乌云般的厄运、黑山似的重压,一齐向王稼祥袭来。他再也承受不了如此重大的压力,猝发心脏病。呼喊、抢救都无济于事。

一位共产党人和革命家的生命之火熄灭了,过早地熄灭了,时年68岁。

二、昭雪沉冤

"立党为公,光明正大"是刻在王稼祥骨灰盒上的 8 个金光闪闪的大字,也是他一生的真实写照。

王稼祥逝世后,周恩来、邓小平、汪东兴、倪志福、李富春、聂荣臻等中央领导人以及一些党政机关的负责人和王稼祥的生前友好,前往医院向王稼祥遗体告别。

1974 年 1 月 30 日,王稼祥同志追悼会在八宝山革命公墓礼堂举行。毛泽东主席和中共中央送了花圈。送花圈的还有其他党和国家领导人。

周恩来、李先念、邓小平、纪登奎、汪东兴、倪志福、李富春、徐向前、聂荣臻等中央领导人以及中共中央和国务院有关部门的负责人,王稼祥的生前友好,有关部门的群众代表数百人参加了追悼会。追悼会由汪东兴主持,邓小平致悼词。

邓小平在悼词中说:"王稼祥同志几十年来,在毛主席、党中央的领导下,在长期的革命战争中,在社会主义革命和社会主义建设中,积极工作,认真负责,为人民服务,为中国人民的解放事业和共产主义事业贡献了自己的一生。"

1976 年 10 月,党和人民终于粉碎了江青反革命集团,结束了持续 10 年多、灾难深重的"文化大革命"。1978 年 12 月召开的十一届三中全会,是中华人民共和国成立以来党的历史上具有深远意义的伟大转折,恢复了党的实事求是的思想路线,开创了我国社会主义现代化建设的新时期。十一届三中全会后,中共中央对外联络部认真讨论了"文化大革命"期间被林彪、江青、康生搞乱了的中联部工作中的路线是否正确问题;1979年2月16日做出《建议为所谓"三和一少"、"三降一灭"问题平反的请示》,很快得到中央批准。为此,中央于1979年3月9日将此件内容发出通报。通报指出:

> 王稼祥同志在1962年春曾在中联部就我党的对外工作讲过一些意见,并给恩来、小平、陈毅同志写信提出一些建议。从组织原则来讲,这样做没有错,所提意见尽管有不尽妥善之处,总的精神是正确的,不是什么"三和一少"、"三降一灭"。

通报中肯定了中华人民共和国成立20多年的对外工作。

> 建国20多年来党和国家的对外工作中,根本不存在一条所谓"三和一少"、"三降一灭"修正主义路线。中联部的工作和其他外事部门一样,执行的是中央的路线,重大决策都是党中央、毛主席、周总理定的。工作中虽有这样那样的缺点错误,但成绩是主要的,中联部的干部和群众是好的。
>
> 我们建议:林彪、康生、"四人帮"炮制的所谓"三和一少"、"三降一灭"问题应予平反;强加在王稼祥同志和其他同志身上的一切诬陷不实之词,应该推倒。

至此,沉冤17年的中华人民共和国成立以来的一大错案,终于得到平反昭雪。虽然这时,王稼祥离开人世已经5年零2个月了,一切褒贬毁誉之词他再也听不到了,但假若人死了真有灵魂的话,那么他的灵魂从此也就可以得到安息。中央为他平反昭雪、恢复名誉的通报，成了为他的冤魂奏出的一支庄严的安魂曲。愿他在九泉之下、冥冥之中，真的能够得到几许安慰。

1981 年 7 月 1 日，在建党 60 周年的纪念会上，中央决定列举的我党建党以来 38 名卓越的领导人物，其中就有王稼祥。他是当之无愧的。

1982 年 12 月 13 日，由伍修权、方强、曾三出面，召集了 20 多位老同志座谈王稼祥的生平事迹。到会的老同志怀着深切缅怀之情，从各个不同的角度回忆他的生平业绩以及他崇高的共产主义思想、品德、修养和领导作风。1985 年 1 月，人民出版社出版了《回忆王稼祥》一书，该书由陈云题写书名。

胡耀邦撰写了《深切地怀念王稼祥同志》一文，作为该书的代序。序中说：

> 他在我们党的一段关键性的历史时期里，做过光辉的贡献。他的这段历史和他一生的革命品德，我认为是值得我们的同志，尤其是年轻的同志学习和借鉴的。
>
> 他勤勤恳恳，任劳任怨，真是 20 年如一日。我不敢颂扬他干一行精一行，但应该说他干一行钻一行；不能说他没有失误之处，但可以说，他的工作是深思熟虑和卓有成效的。他对我们党的国际活动提出过不少有独到的意见，有些意见尽管当时没有被接受，但是现在看来，无疑是正确的，是有客观的远大眼光的。林彪、康生、江青一伙指责他搞"修正主义"，完全是卑劣的诬陷。
>
> 总的说来，稼祥同志后半生的成就，并不比前半生逊色，并且为前半生增添了新的光彩。

1986 年 8 月 15 日，是王稼祥诞辰 80 周年纪念日。安徽省、芜湖市党政军领导和各界代表一起，以极其崇敬的心情，在王稼祥第一次从事革命活动的地方——芜湖市第十一中学（原圣雅各中学高中部）校园内的狮子山上，隆重举行王稼祥铜像揭幕典礼。

铜像高 1.1 米、宽 0.9 米，底座高 2.1 米，镶嵌着枣红色花岗岩，造型庄重、朴实。铜像不远处，矗立着王稼祥纪念碑，宽 4.2 米、高 2.3 米。胡耀邦题写的"纪念王稼祥" 5 个大字镌刻在纪念碑正面，背面是王稼祥生平简介。中共中央顾问委员会副主任王震受中共中央委托，专程来到芜湖参加王稼祥铜像揭幕典礼。王震在讲话中高度评价了王稼祥的一生——

"王稼祥的一生是全心全意为共产主义事业奋斗的一生，是伟大的无产阶级革命家的一生。他谦虚谨慎，严于律己，绝不透过喧功。在他 50 年的革命经历中，对党的贡献甚多，但他从不向别人谈论过，而经常讲到的则是自己的弱点、缺点和错误。他对党忠心耿耿，光明磊落，严格遵守党的组织纪律，服从党的决定，不计较个人得失，工作职务能上能下，处之泰然。他勤于学习和思考，坚持调查研究，一切从实际出发，能够在全党的集体奋斗中勇于坚持真理，服从真理，战胜各种艰难曲折，不断前进。我认为，王稼祥同志的这些崇高的共产主义品德和作风是值得我们学习和继承的。"

2006 年 8 月 16 日，曾庆红在纪念王稼祥同志诞辰 100 周年座谈会上的讲话高度评价了王稼祥的一生：

今天，我们怀着深切怀念与由衷敬仰之情，纪念王稼祥同志 100 周年诞辰，缅怀他为党和人民建立的不朽功勋，学习和弘扬他的革命精神与崇高风范。

王稼祥同志是中国共产党的优秀党员、忠诚的马克思主义者、杰出的无产阶级革命家、我党我军卓越的领导人、新中国优秀的外交家。王稼祥同志把毕生精力和智慧无私地献给了中国人民的解放事业和社会主义建设事业。他的光辉革命业绩、卓越理论贡献、崇高道德品质，永远铭记在党和人民的心中。

王稼祥同志 1906 年 8 月 15 日出生在安徽省泾县厚岸村。青年时期受进步思想的影响，积极参加反帝爱国的学生运动。1925 年加入中国共产主义青年团，并前往苏联学习。1928 年成为联共（布）候补党员。1930 年回国后转为中国共产党党员。

1931 年春，王稼祥同志前往中央革命根据地，先后担任苏区中央局委员、中华苏维埃中央革命军事委员会副主席、中华苏维埃共和国临时中央政府外交部部长、中国工农红军总政治部主任、中共中央政治局委员。在中央红军第二、第三、第四次反"围剿"斗争中，他参与制订军事计划，协助指挥部队作战，并为加强党的建设、建立和改进红军政治工作制度做了大量工作。他曾成功地参与指挥宁都起义。因王明"左"倾错误在党内逐步占据统治地位，王稼祥同志也执行过一些错误政策，但在实际工作中，他的思想逐步转变。在宁都会议上，他反对将毛泽东同志调离前线。在反"围剿"斗争中，他赞成和支持毛泽东同志的军事思想和战略战术原则。

1934 年 10 月，王明"左"倾教条主义的错误导致中央红军第五次反"围剿"斗争失败后，中央红军被迫实行战略转移，王稼祥同志重伤未愈，躺在担架上开始了长征。长征途中，他与毛泽东等同志一起交流和研究反"围剿"斗争失败的教训，参与促成了遵义会议的召开。在会上，他旗帜鲜明地支持毛泽东同志的主张，批评"左"倾军事指挥的错误，对确立以毛泽东同志为代表的新的党中央的正确领导发挥了重要作用。毛泽东同志后来曾经说，王稼祥同志在遵义会议上投了"关键的一票"。遵义会议以后，王稼祥同志担任三人军事指挥小组成员，同毛泽东、周恩来同志一起指挥红军作战，逐步改变红军被动局面，打破了敌人的围追堵截。在与张国焘分裂行为的斗争中，他坚决维护党中央的决策和团结，做了许多深入细致的工作。到达陕北后，王稼祥同志带着伤病以顽强的毅力坚持工作，积极推动抗日民族统一战线的形成和健康发展。

1937年7月，经党中央安排，王稼祥同志辗转到达苏联治疗伤病。在苏联期间，他参加并一度负责中共驻共产国际代表团的工作，积极向斯大林和共产国际领导人介绍中国革命和抗战的情况，介绍中共中央从中国实际出发制定的路线和方针，参与共产国际对中国问题的研究。1938年3月，任弼时同志到达苏联后，他又与任弼时同志一起做了许多工作，促使共产国际通过了肯定中国共产党政治路线的决议。1938年7月，王稼祥同志回国，先后在中央政治局会议和党的六届六中全会上传达共产国际的指示，对于统一全党的思想认识，确立以毛泽东同志为主要代表的党中央的领导和路线，起了重要作用。

1938 年至 1945 年，王稼祥同志先后担任中共中央军委副主席、总政治部主任兼八路军总政治部代主任、中共中央华中兼华北工作委员会主任、八路军军政学院院长。他协助毛泽东同志主持军委的日常工作，直接参与了党中央的一系列重大决策。延安整风初期，王稼祥同志担任中央学习组副组长，参与领导了整风运动。他参加起草的《中央关于增强党性的决定》，被列为整风运动学习文件之一。1943 年 7 月，王稼祥同志发表《中国共产党与中国民族解放的道路》一文，率先提出了"毛泽东思想"的科学概念，对毛泽东思想的产生及其伟大意义作了深刻阐述。他的见解很快被党内许多同志接受，为党的七大确立毛泽东思想的指导地位作了思想上的准备。

抗日战争胜利后，王稼祥同志再次赴苏联治病。1947 年 5 月，他回到哈尔滨，担任中共中央东北局委员、城市工作部部长，并曾代理宣传部部长，对如何做好城市工作、加强城市建设、将党的工作重心从农村转向城市等问题作了有益的探索。1949 年 3 月出席党的七届二中全会。同年 6 月至 8 月，随刘少奇同志赴苏联，通报中国革命进程、商谈建立新中国和发展中苏两国友好关系等重要问题。同年 9 月，出席中国人民政治协商会议第一届全体会议。王稼祥同志为中国新民主主义革命的最后胜利和中华人民共和国的建立，贡献了自己宝贵的经验、智慧和力量。

新中国成立之初，王稼祥同志以外交部副部长的身份担任第一任驻苏联大使，他参与完成了安排毛泽东主席访问苏联的重要任务，参加了中苏会谈和《中苏友好同盟互助条约》的签订。1951年初，王稼祥同志根据中央决定，负责组建中共中央对外联络部并出任部长，同时仍兼任外交部副部长至1959年。1953年至1958年，任中央国际活动指导委员会主任委员。1956年9月，在党的八届一中全会上当选为中央书记处书记。1954、1959、1965年，相继当选为政协第二、第三、第四届全国委员会常委。1966年3月，担任中央外事小组副组长。在这期间，王稼祥同志参与党的对外联络工作和国家外交工作的许多重大决策，多次出访苏联、东欧等国，出席有关国际会议，提出了比较完整的关于党际交往准则的思想，为发展对外党际关系作出了重要贡献。

1962年初，王稼祥同志冷静思考、科学分析当时复杂的国际形势，就如何改进我们党和国家的对外政策提出了重要的建议。但在当时"左"倾错误日益发展的情况下，他的这些正确意见不仅未被接受，反而被指责犯了所谓"三和一少"、"三降一灭"、"修正主义外交路线"的错误。"文化大革命"开始后，王稼祥同志受到迫害。因毛泽东同志多次肯定他的历史功绩，1973年在党的十大上，他再次当选为中央委员。1974年1月25日，王稼祥同志因病与世长辞，终年68岁。1979年，中央批准为所谓"三和一少"、"三降一灭"问题平反，推倒了强加在王稼祥同志身上的一切不实之词。

王稼祥同志的一生，是革命的一生，战斗的一生，为党的事业无私奉献的一生，全心全意为人民服务的一生。在半个世纪的革命生涯中，王稼祥同志为中国革命的胜利，为社会主义事业的发展，为党的建设和人民军队建设，为新中国的外交工作和党的对外工作，为党的思想理论的丰富发展，呕心沥血，殚精竭虑，作出了卓越的贡献，建立了不朽的功勋。党和人民永远铭记他的光辉业绩和崇高风范。今天，我们纪念王稼祥同志诞辰100周年，就是要学习他的革命精神和高尚品德，把中国特色社会主义事业继续推向前进。

　　我们要向王稼祥同志学习，对党和人民的事业无限忠诚，对理想信念坚定不移，无论在什么情况下，都勇往直前，为中国革命和建设事业不懈奋斗。王稼祥同志从青年时代起，就立志以革命为"终身的寄托"。长征途中，面对难以想象的艰难困苦和自己的沉疴重疾，他始终对革命前途充满信心，保持旺盛的斗志，坚忍不拔地朝着胜利的目标前进。他善于从实践中总结经验，坚决支持毛泽东等同志的正确主张，多次在关键时刻、关键问题上发挥作用，为党制定正确的路线方针政策作出了贡献。在晚年特别是"文化大革命"中，王稼祥同志受到不公正的对待，但他相信党，相信人民，始终以共产党员的标准严格要求自己，坚持原则，坚持学习，努力为党和人民做一些有益的工作。临终前，他特别嘱咐亲属要坚定地跟党走。王稼祥同志历经磨难而意志弥坚，饱尝艰辛而信念不移，用坚定的信仰书写了自己无愧于党、无愧于人民的一生。

我们要向王稼祥同志学习，勤于思考，勇于创新，努力运用马克思主义的立场、观点、方法，研究和解决现实中的新情况新问题。王稼祥同志具有马克思主义理论素养，又有实践中正反两方面的经验，能够自觉地把马克思主义基本原理与中国实际相结合，努力在中国条件下坚持和发展马克思主义。他对党的许多方针政策的形成和发展起了重要作用，对毛泽东思想的产生、发展和成熟作出了重要贡献。他提出将马克思列宁主义的政党学说运用于中国的实际，坚持党的先进性，保证党员的质量，加强对党员的教育，关心和培养干部，建设"一个大而精的党"，并且以通俗的语言概括为"党外要多兵，党内要精兵"。他认真探索人民军队的建设问题，早在 1934 年就同朱德、周恩来同志一起，提出了"政治工作是我们红军的生命线"的论断，指出"一切战争如果没有政治工作的保障是不能达到任务的"，"政治工作是提高红军战斗力的原动力"。他十分重视知识分子在革命和建设中的作用，主张对知识分子大胆提拔、使用，强调要把一批知识分子培养成为党的骨干。在党的工作重点从农村转向城市过程中，他对城市工作的重要性，城市的经济建设、政权建设、党的建设、群众工作以及相关方针政策等，作了系统的论述。新中国建立后，在党和国家的对外工作中，他鲜明地提出要根据自己国家的情况决定自己的政策，各国共产党之间的关系应该是平等的。这些思想经受住了历史的检验，为改革开放新时期

王稼祥传

我们党提出同外国政党发展新型党际关系的四项原则奠定了基础。

我们要向王稼祥同志学习，实事求是，求真务实，光明磊落，严于律己，坚决维护党的团结，不断提高党的战斗力。王稼祥同志为党的事业作出了很多贡献，但是他始终谦虚谨慎，勇于自我批评，严于解剖自己。延安整风中，他曾给毛泽东同志写信，结合切身经验，谈如何坚持真理、修正错误以及"惩前毖后、治病救人"的问题。在后来的实践中，他经常联系自己的经历，说明对党中央和毛泽东思想应采取的正确态度。他尊重实践，注意调查研究。1958年，他在农村考察中发现一些浮夸现象，经过深思熟虑，郑重地请刘少奇同志向中央和毛泽东同志转达他对人民公社"一平二调"和国民经济不切实际的高指标的忧虑，充分表现出一个共产党员实事求是、无私无畏的精神。

我们要向王稼祥同志学习，艰苦朴素，廉洁奉公，始终与人民群众心连心，坚持"两个务必"，保持共产党员的优秀品质。王稼祥同志一生艰苦奋斗，朴素节俭，始终与人民群众同甘共苦。他的伤病很重，长征到达陕北后，被中央军委评为一等残废，按规定每月可领取几十元的残废金，但是他从来没有领过。延安时期，党中央为照顾王稼祥同志，规定他的伙食费实报实销，但他从不因此而搞特殊。新中国成立后，王稼祥同志任首任驻苏联大使，生活条件有了很大的改善，但他依然严格要求自己，吃穿十分简朴。在研究使馆人员的工资待遇时，他坚持降低自己的工资标准。他不仅自己不搞特殊，对家人要求也十分严格，从不以手中的权力谋取私利。

　　同志们，王稼祥同志的精神和风范，是中国共产党先进性具体而鲜明的体现，是党和人民的宝贵财富。正因为有像王稼祥同志这样无数的先进战士前赴后继，不懈奋斗，我们党的先进性才成为一面光荣的旗帜，把广大人民群众紧紧团结在党的周围；才成为一种崇高的精神，激励和鼓舞全党全国人民为革命、建设和改革事业开拓进取；才成为一种伟大的力量，催生和激发全党全民族强大的凝聚力和不竭的创造力。在新的历史条件下，我们一定要学习王稼祥同志等老一辈无产阶级革命家的崇高精神和品德，更加紧密地团结在以胡锦涛同志为总书记的党中央周围，坚持以马克思列宁主义、毛泽东思想、邓小平理论和"三个代表"重要思想为指导，全面贯彻落实科学发展观，为全面建设小康社会、构建社会主义和谐社会、开创中国特色社会主义事业新局面而努力奋斗！

王稼祥传

主要参考文献

1.《王稼祥传》,徐则浩著,当代中国出版社 1996 年版

2.《王稼祥选集》,《王稼祥选集》编辑组,人民出版社 1989 年版

3.《回忆王稼祥》,《王稼祥选集》编辑组,人民出版社 1985 年版

4.《青年王稼祥》,戴惠珍著,安徽人民出版社 1992 年版

5.《王稼祥研究论集》,徐则浩著,安徽人民出版社 1991 年版

6.《博古传》,李志英著,当代中国出版社 1994 年版

7.《回忆和怀念》,伍修权著,中共中央党校出版社 1991 年版

8.《王稼祥夫人朱仲丽自传三部曲》(修订本),朱仲丽著,北方妇女儿童出版社 1995 年版

9.《毛泽东传(1893—1949)》(上、下),金冲及主编,中央文献出版社 1996 年版

10.《马背上的共和国》,茂林、升泉著,中国档案出版社 1995 年版

11.《周恩来传(1898—1949)》,金冲及主编,中央文献出版社 1989 年版

12.《云岭漫笔》,甘发俊著,安徽大学出版社 1995 年版

13.《"文化大革命"中的名人之死》,李永主编,中央民族学院出版社 1993 年版

14.《陈伯达传》,叶永烈著,作家出版社 1995 年版

15.《胡乔木回忆毛泽东》,胡乔木著,人民出版社 1994 年版

16.《老一辈革命家家书选》,中央文献出版社、三联书店 1990 年版

17. 解放军政治学院:《中共党史参考资料》第 9 册

18.《百年潮》杂志:1997 年第 4 期、1998 年第 1 期

19. 李先(滕代远):《中国工农红军的生活状况》,《共产国际月刊》 1936 年第 1、2 期合刊

20.《彭德怀自述》,彭德怀著,人民出版社 1981 年版

21.《聂荣臻回忆录》(上),战士出版社 1983 年版

22.《毛泽东在七大的报告和讲话集》

23.《毛泽东年谱》(上卷),人民出版社、中央文献出版社 1993 年版

24.《在历史巨人身边——师哲回忆录》,中央文献出版社 1991 年版

25.《陆定一文集·自序》,1991 年 3 月 23 日《人民日报》

26.《刘少奇选集》(上卷),人民出版社 1981 年版

27.《毛泽东著作选读》(下册),人民出版社 1986 年版

28.《中国共产党的九十年〈新民主主义时期〉》,中共中央党史研究室著,中共党史出版社 2016 年版